KB012666

영업
사원
김유빈

영업사원 **김유빈** 7

뫼달 장편 소설

초판 1쇄 찍은 날 | 2017년 7월 21일
초판 1쇄 펴낸 날 | 2017년 7월 28일

지은이 | 뫼달
펴낸이 | 예경원

기획 | 위시북스
편집책임 | 박우진
편집 | 이즈플러스

펴낸곳 | 예원북스
등록번호 | 제396-2012-000132호
등록일자 | 2012. 7. 25
KFN | 제1-133호

주소 | 경기도 고양시 일산동구 호수로 646-24 위너스21Ⅱ빌딩 206A호 (우)10401
전화 | 031-819-9431 팩스 | 031-817-9432
E-mail | yewonbooks@naver.com

ⓒ뫼달, 2017

ISBN 979-11-6098-384-5 04810
      979-11-6098-006-6 (set)

※ 파본은 구입하신 서점에서 교환하여 드립니다.
※ 저자와 협의하여 인지를 붙이지 않습니다.
※ 이 책은 예원북스와 저작자의 계약에 의해 출판된 것이므로 무단 전재 및 유포, 공유를
   금합니다.
※ 이 도서의 국립중앙도서관 출판시도서목록(CIP)은 서지정보유통지원시스템 홈페이지
   (http://seoji.nl.go.kr)와 국가자료공동목록시스템(http://www.nl.go.kr/kolisnet)에서
   이용하실 수 있습니다.

영업사원

김유빈

7

완결

뫼달 장편소설

Wish Books

영업
사원
김유빈

CONTENTS

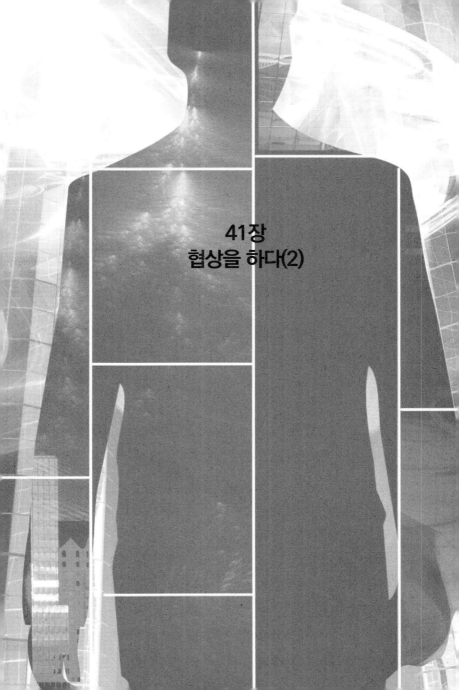

41장
협상을 하다(2)

"어떻습니까? 아직도 제 의견이 얼토당토않다고 생각하십니까?"

애꿎은 종이 넘기는 소리만 유빈의 질문에 답하고 있었다.

앞 페이지로 갔다가 뒤 페이지로 갔다가. 혼란스러운 마음만큼이나 자료를 넘기는 손동작도 분주했다.

한쪽 눈이라도 제대로 붙어 있고 뇌가 정상적으로 작동한다면 유빈의 자료가 무슨 의미인지 모를 수가 없었다.

여기 앉아 있는 사람들은 제약 관련 업무라면 잔뼈가 굵은 베테랑이었다.

"미스터 손튼, 이 자료는……."

"조용히 계세요."

제네스 협상단은 애매한 입장이었다.

자료를 처음 본 사람처럼 행동하기도 이상했고 그렇다고 상대방의 당혹스러워하는 모습에 마냥 좋아할 수도 없었다.

그들이 애초에 해야 했을 일을 유빈이 대신한 것이기 때문이었다.

"아무런 의견이 없으시니까 다음 주제로 넘어가겠습니다. 괜찮겠죠?"

레이몬드 스미스가 빛의 속도로 자료에서 눈을 뗐다.

이 정도 퀄리티의 자료라면 애브비의 가치를 낮게 측정하는 문제로 시비를 걸기 힘들었다.

하지만 다른 부분에서 인수 금액을 줄이려 한다면 반드시 막을 태세였다.

"AT-2와 AT-3. 에이티제이에서 임상을 진행 중인 항체 신약입니다. 유방암과 폐암 치료제죠."

말을 잠시 멈춘 유빈이 에이티제이 협상단과 일일이 눈을 마주쳤다.

유빈은 마치 '내가 모든 것을 알고 있으니 거짓말할 생각 말고 실토해라!'라는 확신에 찬 눈빛으로 상대방을 위압하고 있었다.

동시에 유빈이 살핀 것은 그들의 오라였다.

애브비에 관해서는 주장을 뒷받침할 자료가 있었지만, 신약 임상은 순전히 연구팀의 이야기와 유빈의 추정에서 나온 내용이었다.

그 추정을 확인하는 방법이 오라의 동요였다.

아니나 다를까.

제리 클레멘트 회장을 비롯한 에이티제이 협상단의 오라가 바람 앞의 촛불처럼 위태롭게 흔들렸다.

유빈은 확신을 갖고 조금 더 밀어붙였다.

애브비 자료로 밑밥을 깔았기 때문에 상대방이 유빈을 의심하기도 쉽지 않았다.

"협상단이 알아본 결과 두 신약 모두 임상 2상의 데이터가 제대로 나오지 않고 있다는 정보를 입수했습니다."

"말도 안 되는! 누가 그런 이야기를 했습니까? 정보 제공자를 밝히시죠."

발악하듯이 레이먼드가 공세를 취했다.

하지만 유빈에게는 여기까지 밀릴 수 없다는 발악으로밖에 보이지 않았다.

"그럼 임상이 순조롭게 진행되고 있다는 말입니까?"

"물론입니다. 어디서 무슨 뜬소문을 들었는지 모르지만, 임상시험은 스케줄에 맞춰 잘 진행되고 있습니다. 데이터의 경우에는 아직 시간이 더 필요할 뿐입니다. 신약 임상이 무슨 애들 장난도 아니고 얼마나 힘든 일인 줄 아십니까?"

"제 생각과 같으시군요. 저도 그렇게 생각합니다."

"네? 도대체 무슨 말을 하고 싶은 겁니까?"

"신약 개발에 대해서 말씀드리는 겁니다. 제약업계에서 일하고 있는 사람이라면 신약 개발이 얼마나 힘든 일인 줄 알고 있다는 겁니다."

레이먼드 스미스는 여전히 유빈의 말뜻을 이해하지 못했다.

"그래서 이상하다는 겁니다. 에이티제이는 창사 15년 만에 애브비라는 블록버스터 신약 개발에 성공했습니다. 클레멘트 회장님은 전 직장인 로샘에서 연구팀장으로 근무할 때, TNF-알파 차단제의 가능성을 확인했죠. 그리고 그 확신으로 회사를 나와 바이오 벤처를 창업했습니다."

"우리 회사의 역사는 미스터 킴보다 제가 더 잘 압니다. 그래서 어떻다는 겁니까?"

조곤조곤 이야기하는 것을 못 참고 레이먼드 스미스가 닦달했다.

유빈의 표정이 단호해졌다.

"거대 다국적 제약회사가 수조 원을 투자하고도 90% 이상 실패하는 게 신약 개발입니다. 그런데 에이티제이는 애브비에 이어서 AT-2와 AT-3가 모두 성공할 거라고 말하고 있습니다. 에이티제이는 제약업계의 상식을 뛰어넘는 존재입니까? 그 회사 연구원은 모두 천재인가요?"

"아니, 그게……."

"미스터 스미스의 말처럼 신약 성공을 확신한다면 제네스와의 합병을 서두를 이유가 없지 않습니까? 두 신약 중 하나만 성공해도 몸값이 크게 오를 게 뻔한데 제가 경영자라면 임상을 마무리한 후에 협상했을 것 같습니다."

레이먼드 스미스가 대꾸할 틈도 없이 말을 마친 유빈이 제리 클레멘트 회장에게로 시선을 돌렸다. 할 말이 있으면 해 보라는 표정으로.

"지금…… 미스터 킴의 의견은 정황에 기댄 추론일 뿐입니다. 제네스에서도 몇 번이나 에이티제이의 연구 시설을 실사하지 않았습니까? 그들이 미스터 킴과 같은 생각을 안 해봤겠습니까?"

클레멘트 회장의 입이 드디어 열렸다.

목구멍의 반이 막혀 있는 듯한 웅얼거리는 소리였지만 내용은 충분히 전달되었다.

"물론입니다. 협상단에서도 임상이 더디게 진행된다는 것 정도는 알았습니다. 하지만 중요하게 생각하지 않았죠. 제네스 협상단에게는 그럴 만한 여유가 없었습니다. 한마디로 급했습니다. 주변을 윙윙거리며 날아다니는 파리 때문에 달콤한 케익을 빨리 뱃속에 넣으려고 했습니다. 비싼 값을 치른다 해도 말이죠."

"……파리요?"

"회장님이라면 누굴 말하는지 아실 텐데요."

"……전 모릅니다."

"MBG 말입니다."

"…… ."

클레멘트 회장의 목울대가 출렁거렸다.

죽을힘을 다해 평온한 표정을 유지하려 했지만, 유빈의 눈은 속일 수 없었다. 그의 오라가 태풍에 휘날리는 나무처럼 위태롭게 흔들리고 있었다.

"제가 알아보니 MBG와의 합병은 단지 소문이더군요. MBG에서는 합병 의사가 없고 당연히 실사를 한 적도 없었습니다. 그래서 우리도 서두를 필요가 없게 되었습니다. 미스터 램버트, 안 그렇습니까?"

마크 램버트는 논쟁에 끼어들지 않고 유빈이 날카로운 논리를 세울 때마다 반응하는 에이티제이 협상단을 주시했다.

더 생각할 필요도 없었다.

유빈이 물고 늘어지는 내용은 사실이었다.

"지금까지 나온 내용으로 봐서는 760억 달러도 과한 것 같군요. 미스터 킴, 어떻습니까?"

"동의합니다. 잘 쳐줘서 그 정도입니다."

"600억 달러를 제시하겠습니다. 받아들이지 못하겠다면 서로 악수하고 헤어지는 수밖에 없겠죠."

짜고 치는 고스톱 같은 마크 램버트의 발언에 제리 클레멘트의 얼굴이 벌겋게 상기되었다. 나머지 협상단도 똥 씹은 표정이었다.

"아무리 그래도 600억 달러라니요. 오늘 오전까지만 해도 1,100억 달러에 사인할 생각이지 않았습니까?"

레이먼드 스미스가 울먹인다고 오해할 정도로 불쌍한 목소리로 이야기했다. 하지만 마크 램버트에게는 어림도 없었다.

그는 상대의 급소를 물은 맹수처럼 물러서지도 놔주지도 않았다. 오히려 더 깊숙이 이빨을 찔러 넣었다.

"600억 달러에 MBG와의 계약 건은 에이티제이에서 처리해 주는 조건입니다. 어떻게 하겠습니까?"

"……아무래도 우리끼리 이야기할 시간이 필요할 것 같군요. 잠시 쉬었다 합시다."

제리 클레멘트가 힘겹게 브레이크 타임을 제안했다.

유빈과 마크 램버트를 제외한 방 안의 모든 사람 역시 언제 터져도 이상하지 않은 빵빵한 풍선 같은 긴장감에서 절실히 벗어나고 싶어 했다.

"그렇게 하죠. 30분이면 충분하겠습니까?"

"······의견을 나눠 보겠습니다."

회사를 막론하고 여기저기서 작은 한숨이 들렸다.

에이티제이 협상단은 제리 클레멘트를 중심으로 둥그렇게 대형을 짰다.

"회장님, 제네스 측에서는 합병할 의사가 없는 것 같습니다. 그렇지 않다면 저렇게까지 막무가내로 나갈 수가 없습니다."

"저는 뭐에 홀린 것 같습니다. 협상 시작 전까지만 해도 순조롭게 일이 풀릴 것 같았는데 저······ 동양인이 의견을 말한 순간부터 모든 일이 꼬였습니다."

"우리가 아쉬울 게 뭐가 있겠습니까? 임상이 제대로 진행되고 있지 않은 건 사실이지만 그렇다고 실패도 아니지 않습니까. 회장님, 결단을 내리시죠."

제리 클레멘트는 눈을 감은 채 묵묵히 협상단의 의견을 경청했다.

아니, 경청하는 척했다.

신호등이 고장 난 그의 머릿속은 다른 사람의 목소리가 들리지 않을 만큼 엉망진창이었다.

'실패가 아니라고? 신약 임상은 실패했어. 이 사람아. 그리고…… 설마, 마크 램버트가 나와 MBG의 관계까지 알고 있는 건 아니겠지? 그건 아닐 거야. 큰일인데…… 상반기에 맨도즈 지분을 취득하기로 약속했는데 여기서 협상이 결렬되면…… 안 돼. 그럴 수는 없어. 신약은 실패나 다름없고 결과가 발표되면 회사 가치도, 주가도 폭락할 거야. 오늘 어떻게든 담판을 지어야 해.'

"회장님?"

"아, 미안합니다. 잠시 생각을 정리하느라고요. 여러분의 의견은 잘 들었습니다. 제네스가 억지를 부리고 있지만, 협상은 이어 가는 게 좋을 것 같습니다. 1,100억 달러는 잊어버립시다. 최대한 인수 금액을 높이는 방향으로 진행합시다. 알겠죠?"

"……알겠습니다."

제리 클레멘트 회장이 보유하고 있는 에이티제이의 지분은 50%에 육박했다. 협상은 결국 그의 지분과 나머지 대주주의 지분을 넘기는 것이었기 때문에 그의 의견이 무엇보다 중요했다.

같은 시간, 제네스 협상단 역시 마크 램버트를 중심으로 모여 있었다.

유빈이 먼저 나머지 협상단원에게 고개를 숙였다.

"의견을 내기 전에 먼저 말씀을 드렸어야 했는데 시간이 촉박해서 그러지 못했습니다. 기분 나쁘셨다면 죄송합니다."

"으음."

"커허험."

"그렇다면야…… 그런데 뭐가 어떻게 된 건지 설명 좀 해 주십시오."

유빈의 독불장군식 행동을 따지려 했던 잭 손튼을 비롯한 협상단의 표정이 누그러졌다.

사실 유빈이 사과할 일은 아니었다.

마크 램버트와 톰 로렌스도 유빈의 답변을 기다렸다.

"그게……."

유빈은 에이티제이 직원들의 이야기를 듣기 위해 실리콘 밸리로 간 장면부터 스타트를 끊었다.

"처음 들은 생각은 에이티제이 직원들의 분위기를 보고 싶었습니다. 경영진, 임원, 관리자가 아닌 일반 직원들이요. 이들이야말로 이번 인수합병에 의해 가장 큰 영향을 받을 사람들이기 때문이었죠."

"최종 협상이 이틀밖에 남지 않은 시점에서 그런 생각을 했다고요?"

"경영진이나 임원들은 회사가 잘 돌아가고 분위기가 좋다는 이야기만 하겠죠. 실제로 임상 연구를 하고 공장에서 생산을 담당하는 직원들이야말로 진짜 정보를 가지고 있다고 판단했습니다. 특히, 연구팀은 직급을 막론하고 에이티제이의 핵심 멤버입니다. 그들에게서 나오는 정보라면 가치가 있을 거로 생각했습니다."

"흐음……."

유빈의 말처럼 협상단이 상대하는 사람은 그들과 비슷한 레벨의 사람들 즉, 관리자와 경영진뿐이었다.

"말씀하신 것처럼 짧은 시간이었지만, 생각보다 많은 정보를 건질 수 있었습니다. 에이티제이 직원들 대부분은 제네스와 합병한다는 사실에 기대가 크더군요."

"다른 곳도 아니고 제네스니까. 하하."

협상단 중 한 명이 마크 램버트를 슬쩍 쳐다보며 회사에 대한 자부심을 드러냈다.

출세 잘할 것 같은 얼굴이었다.

"그럴까요? 전 세계 제약회사 중 부동의 매출 1위. 직원들에 대한 복지는 최근 핫한 IT기업의 뺨을 때릴 정도로 훌륭하고, 근속 연수가 업계 평균을 훨씬 웃돌면서, 10년 연속 가장 존경받는 기업 10위 안에 당연하게 포진한 기업이니까 당연히 반길 것이다?"

"그게 이유가 아니란 말입니까?"

유빈은 질문한 직원과는 다른 눈빛으로 마크 램버트를 쳐다봤다.

"제네스는 최근 감사에 이은 영업직의 해고로 입방아에 올랐었죠. 작년에는 10년 동안 존경받은 기업 랭킹에서 10위 밖으로 밀려난 적이 없었던 순위가 17위로 미끄러졌습니다. 블록버스터 약품의 연속된 특허 만료로 미래의 캐시카우를 키우는 데 어려움을 겪고 있다는 기사도 실렸습니다."

현 CEO 앞에서 회사의 문제점을 나열하는 유빈의 모습에 톰 로렌스를 비롯한 협상단은 일시에 벙어리가 되어 버렸다.

조금 전에 마크 램버트에게 잘 보이려던 협상단원은 '미친 거 아니야?'라는 표정을 대놓고 보였다.

다른 사람의 반응과는 상관없이 에이티제이를 몰아붙이던 유빈의 날카로움이 이번엔 마크 램버트를 향해 있었다.

그렇지만 마크 램버트는 여유롭게 유빈의 다음 말을 기다렸다.

"제 말은 에이티제이 직원들도 최근 제네스의 상황에 대해 알고 있었을 테고 단순히 제네스라고 해서 좋아한 건 아니라는 겁니다. 그렇다면 남아 있는 가능성은 한 가지. 에이티제이가 내부적으로 뭔가 잘못 돌아가고 있다는 뜻이겠죠."

겉으로 보이는 에이티제이는 완벽한 회사였다.

성공 가도를 달리고 있는 애브비는 물론이고 새로운 신약도 임상 2상 중이었다. 한 마디로 미래가 창창해 보였기 때문에 제네스도 상당히 큰 인수 금액을 제시한 것이었다.

"그러고 보니 생산팀에 인력이 부족해 야근을 자주 한다는 이야기를 실사 중에 들은 적이 있습니다. 그때는 회사가 잘 돌아간다고만 생각했는데 직원 입장에서는 야근이 계속되면 힘들 수 있죠."

잭 손튼이 유빈의 말에 동의한다는 듯이 고개를 끄덕였다.

"연구팀도 스트레스를 계속 받았을 겁니다. 임상 데이터는 잘 안 나오고 제네스와 협상을 앞둔 임원진은 엄청나게 닦달했을 겁니다."

"자네가 노력했다는 것은 알겠네. 하지만 직원들 분위기를 파악한 정도로 지금처럼 세게 나가는 건 아닌 것 같은데. 배경 설명은 충분하니까 나한테 귓속말 한 내용에 대해 자세히 설명해 보게."

마크 램버트의 눈이 번뜩였다.

그가 듣고 싶은 이야기는 따로 있었다.

"제가 에이티제이 연구팀 직원들의 이야기를 들으면서 유독 많이 들은 단어가 있었습니다."

"그게 뭔가?"

"샌디에이고입니다."

"샌디에이고?"

유빈의 종잡을 수 없는 대답은 그로부터 시선을 떼지 못하게 만들었다.

"샌디에이고에 관해 이야기하기 전에 먼저 제리 클레멘트 회장의 현재 상황에 대해 알 필요가 있습니다. 여러분도 아시다시피 제리 클레멘트는 다국적 제약회사인 로샘의 순수 연구원 출신으로 에이티제이를 창업하기 전에는 경영과 무관한 사람이었습니다."

"음, 그렇죠."

잭 손튼이 추임새를 넣었다.

유빈은 추임새에 힘입어 이야기를 이어 갔다.

제리 클레멘트.

제약 업계에서 이 이름을 모르는 사람은 없었다.

바이오벤처의 신화.

애브비의 아버지.

15년 동안 나스닥에 상장된 에이티제이의 주가는 100배가 넘게 올랐다.

제리 클레멘트 회장은 IT 기업의 젊은 CEO만큼이나 화제의 인물이었고 늘 유명세가 따랐다. 대중 앞에 모습을 잘 드러내지 않는 신비주의는 아이러니하게도 그의 이미지에 큰 도움을 주었다.

그는 명성에 비해 인터뷰하는 일이 드물었는데, 유빈은 뉴욕으로 오는 비행기 안에서 몇 안 되는 인터뷰 내용을 검색해 동영상과 기사 전문을 유심히 살폈다.

"그는 대놓고 이야기하지는 않았지만, 대중에 사생활이 드러나는 것과 경영자로서의 어려움을 인터뷰할 때마다 피력했습니다. 인터뷰에 대한 반응은 그가 기업의 회장답지 않게 신중하고 겸손하다는 칭찬 일색이었습니다. 하지만 저는 조금 다르게 봤습니다."

"조금 다르게 봤다?"

"네. 그는 실제로 경영에 어려움을 겪는 것 같았습니다. 애브비로 회사가 잘 운영되고 있어서 큰 문제는 없었지만, 몸에 맞지 않은 옷을 계속 입어야 하는 불편함을 호소하는 느낌이었습니다."

"자네 말은 그가 제네스의 인수합병 제안을 받아들인 이유가 회장직에서 벗어나고 싶어서란 말인가? 회장직을 유지하면서 전문 경영인을 영입하는 방법도 있을 텐데."

마크 램버트는 아직 완전히 납득하지 못한 모습이었다.

"그는 자기가 생각하는 일은 반드시 해야 속이 풀리는 타입입니다. 그런 고집으로 애브비도 개발한 거고요. 그런데 CEO가 있으면 의견 대립이 있을 수밖에 없습니다. 그걸 원하지 않았겠죠."

"하지만 클레멘트 회장은 협상 초기에는 제네스에 전혀 우호적이지 않았습니다. 합병을 안 해도 전혀 상관없다는 투였고요. 안 그렇습니까?"

톰 로렌스가 논리에 빈틈이 보인다 싶자 바로 끼어들었다.

"미스터 로렌스. 지금은 어떤가요? 클레멘트 회장이 합병하고 싶어 하는 것 같나요?

"그건⋯⋯."

"처음에 그는 에이티제이 직원의 완전 고용 승계가 조건에서 빠지면 절대로 합병에 찬성할 수 없다고 했습니다. 지금은 어떤가요?"

"⋯⋯."

본전도 못 찾은 톰 로렌스가 입을 다물었다.

"제가 보기에는 제리 클레멘트 회장이 협상의 대가이거나 아니면 그를 돕고 있는 누군가가 그랬을 것으로 생각합니다. 여러 가지 면으로 봐서 후자일 가능성이 크지만요."

"음, 자네의 말은 클레멘트 회장의 초반 태도와 완전 고용 승계가 협상을 유리하게 끌고 가려는 포석이었다는 말이군."

"우리도 초반에는 그렇게 생각했지만, 그놈의 MBG 때문에 다른 생각을 못 했죠."

마크 램버트와 잭 손튼이 유빈의 말에 서로를 쳐다봤다. 그들도 협상 초기에 의심했던 내용이었다.

"미스터 킴, 자네 말처럼 후자일 가능성이 크다는 말은 배

후에서 클레멘트가 유리하게 협상을 벌여 갈 수 있도록 도와주는 사람이 있다는 건가?"

"그리고 그 누군가는 이미 여러 번 언급되었죠."

"네?"

"언급되었다고요?"

어리둥절해 하는 다른 사람과는 달리 마크 램버트가 딱딱한 음성을 내뱉었다.

"……MBG!"

"맞습니다. MBG 혹은 MBG의 소이어 CEO가 배후 인물일 가능성이 큽니다."

MBG는 제네스에 이어 전 세계 의약품 매출 2위를 달리고 있는 다국적 제약사였다.

CEO인 다릴 소이어는 활발한 M&A와 강력한 리더십으로 MBG를 8년째 이끌고 있었다.

하지만 MBG에게는 지울 수 없는 낙인이 찍혀 있었다.

만년 2등.

제네스라는 거대한 산 앞에서 MBG는 아무리 잘나가도 2등에서 벗어날 수 없었다.

"MBG라고? 그럼 두 사람이 잦은 회동을 한 것도 우리가 의심하게 하려고……."

제리 클레멘트 회장은 외부 인사와 만나는 일이 드물어서 제네스 협상단은 두 사람의 잦은 만남에 의미를 부여할 수밖에 없었다.

합병에 관한 MBG와 에이티제이의 서로 짠 듯한 정황은 의심을 해소하기는커녕 오히려 부풀렸다.

조급함이 생겨난 이유였다.

"당했군…… 그게 다 계산된 거였다니……."

잰 손튼이 씁쓸한 표정으로 중얼거렸다.

"아직 당한 건 아니죠."

유빈은 실리콘밸리에서 에이티제이 연구팀 직원들의 이야기를 엿들을 때, 몇몇 사람이 샌디에이고를 언급하는 것을 들었다.

처음에는 흘려 들었지만, 두 번째 듣고 세 번을 듣자 뭔가 있다는 사실을 직감적으로 알 수 있었다.

결정적인 힌트는 제리 클레멘트 회장이 인수합병이 끝나면 샌디에이고에 새로운 바이오벤처를 창업할 거라는 이야기였다.

샌디에이고는 최근 바이오, 헬스케어 스타트업의 실리콘밸리라고 불리는 곳이었다.

샌프란시스코와 같은 서부에 위치한 데다가 이미 자리를 잡은 관련 기업의 수는 실리콘 밸리를 넘어서고 있어서 창업하기에 최적의 장소였다.

"그런데 아무리 생각해도 이상했습니다. 15년을 힘들게 일군 회사를 넘기고 또다시 고생길인 바이오벤처를 창업한다? 회사 경영을 그렇게 싫어하는 사람이?"

"저는 제리 클레멘트 회사가 바이오벤처를 설립할 거라는 이야기뿐만이 아니라 다른 제약회사에 일자리를 알아보고 있다는 소문까지 들었습니다. 단순히 소문이라고 생각하기는 했지만요."

"역시 그렇군요. 어쨌든 샌디에이고와 MBG를 연관 검색해 봤더니 맨도즈가 나오더군요."

"맨도즈? 본사는 LA에 있잖아요."

"샌디에이고에는 맨도즈사의 연구소가 있습니다."

"미스터 킴, 속 시원하게 이야기 좀 해주세요. 아직도 잘 모르겠습니다."

유빈의 추리소설에 애가 닳은 협상단원이 자존심은 갖다 버렸는지 결론을 종용했다.

그에 비해 마크 램버트는 아까부터 얼굴이 굳어 있었고 톰 로렌스도 뭔가 감이 왔는지 동공이 흔들리고 있었다.

"그럼 순서대로 정리해 보겠습니다. 제리 클레멘트 회장은 경영을 좋아하지 않는다. 애브비에 이은 후속타가 불발할 것 같자 그런 마음이 더 강해졌다. 그때 제네스가 때마침 인수하겠다는 제의를 했다. 그는 속으로 쾌재를 불렀지만 조금 더 좋은 조건으로 회사를 넘기기 위해 친하게 지내던 MBG 의 소이어 CEO에게 의견을 구했다. 그리고…….”

콧수염은 없지만, 유빈은 에르퀼 포와르처럼 흐름을 하나 씩 짚어 갔다.

“두 사람이 친한가요?”

잭 손튼이 궁금함을 참지 못하고 끼어들자 추리에 한참 빠 져 있던 나머지 사람들이 원망의 눈길을 보냈다.

“추측입니다. MBG가 애브비와 신약의 판권을 따내기 위 해 꽤 노력했다는 기사를 본 기억이 있습니다. 두 사람은 그 때부터 자주 만났겠죠. 친분이 남다를 겁니다.”

“단장님, 끝까지 좀 듣고…….”

“크흠, 미안합니다. 궁금해서 나도 모르게…….”

“제가 어디까지 말했죠?”

“소이어 CEO에게 의견을 구했다는 대목입니다.”

“아, 감사합니다. 그렇게 된 후에 소이어 CEO는 이런저런 충고를 했을 겁니다. 만년 2등의 설움을 안고 사는 그로서는 제네스가 골탕 먹기를 바랐겠죠. 게다가 그 골탕이 1,100억 달러짜리라면 더할 나위 없었을 겁니다.”

“허, 소이어 이 자식!”

“그리고요?”

“그리고 여기서부터는 제 또 다른 추측입니다만, 제리 클레멘트는 소이어 CEO에게 맨도즈의 연구소장으로 일하고 싶다는 의견을 피력했을 겁니다."

다들 말문이 막혔다.

유빈의 추측이 이제는 그냥 추측으로 들리지 않았다.

맨도즈는 에이티제이와 마찬가지로 단백질 의약품, 항체 신약을 개발하는 회사로 MBG가 3년 전에 인수했다.

아직 상업화한 약은 없지만, 신약이 임상 마무리 단계에 있다고 알려졌다.

"과한 추측 아닙니까?"

"제리 클레멘트 회장이 우리가 인수 금액을 후려치는데 도 자리를 박차고 일어나지 않는 이유가 뭐라고 생각하십니까?"

"글쎄요……."

"그는 돈이 필요한 겁니다."

"네?"

"정확히 말하면 맨도즈의 지분을 취득할 돈이 필요한 거죠."

"지분을?"

"아시다시피 MBG는 리베이트 때문에 작년에 상당한 금액의 벌금이 부과됐습니다."

"그렇죠."

"맨도즈는 아직 상업화한 약품이 없어서 재무제표는 계속

마이너스 상태입니다. 투자금에 의존해 회사가 운영되는 겁니다. 임상시험에는 큰돈이 들어가죠."

"그러니까 미스터 킴의 말은 벌금 때문에 맨도즈가 MBG 본사에서 자금 지원을 제대로 받지 못하는 상태라는 거군요."

"맞습니다. MBG는 워낙 자회사를 많이 거느린 기업이고 맨도즈는 아직 이익을 내지 못하기 때문에 자금 지원 뒷순위로 밀렸을 가능성이 큽니다. 이 문제를 해결하기 위해 소이어 CEO가 제리 클레멘트에게 맨도즈의 지분 취득을 연구소장으로 취직하는 조건으로 걸었을 겁니다."

"후우, 두 사람이 밀월 관계 정도가 아니었구먼."

"듣고 보니 상황이 딱 들어맞네요. 어떻게 하면 머리가 그렇게 잘 돌아갑니까?"

유빈은 협상단원들의 감탄에 가볍게 목례를 하고 이야기를 이어 갔다.

"소이어 CEO의 조건은 일정 부분의 맨도즈 지분 취득과 연구팀의 주요 멤버를 같이 데려오는 내용도 포함되었을 거로 봅니다."

"연구팀 직원까지요?"

유빈의 말이 사실이라면 합병이 성사되더라도 심각한 문제였다.

제네스가 에이티제이를 인수하려는 가장 큰 목적이 신약

개발 기술을 흡수하기 위함이었다.

그런데 그 기술과 경험을 가진 연구자가 회사를 떠난다면 합병할 이유가 없었다.

"추측이라고 하기에는 표정이 확고하군."

마크 램버트의 눈썹이 올라갔다.

유빈의 설명을 들으면서 그는 최대한 화를 억누르고 있었다.

협상단원들도 CEO의 심기가 불편하다는 것을 눈치챘는지 말을 아꼈다.

"에이티제이 연구팀 직원은 샌디에이고의 주거 환경에 관해 이야기했습니다. 아이들 학교는 어디가 좋고 주변 편의시설에 관해서도 물었습니다. 심지어는 '이제 자이언츠가 아니라 파드리스를 응원해야 하나?'라고 말하면서 웃더군요."

두 명에게 비슷한 이야기를 들은 유빈은 샌디에이고의 리얼 에스테이트 사무실로 전화를 걸었다. 지역은 맨도즈 연구소가 있는 라호야 빌리지 근처였다.

그 지역은 바이오와 의학 분야에 강한 UCSD 대학교를 필두로 세계적인 기초과학 연구기관과 기업들이 밀집해 대형 바이오 클러스터를 형성하고 있어 유입되는 인구가 많았다.

유빈은 자신을 에이티제이 연구원이라 소개하며 리얼 에

스테이트 에이전트에게 주거용 부동산을 문의했다.

원하는 대답을 들을 때까지 검색해서 나오는 전화번호로 계속 전화를 걸었다.

마침내 한 에이전트가 듣고 싶어 하던 말을 했다.

—소개받고 전화했나 보네요. 제가 그쪽 회사 몇 분에게 좋은 집들을 소개해 드렸습니다. 언제 한번 직접 오셔서 구경하시죠.

"아, 맞습니다. 요즘 전화가 많이 오나 봐요."

—최근 한 달 사이에 열 건 정도는 받은 것 같습니다. 한 분한테 집을 싸게 소개해 줬더니 그분이 동료들에게 제 전화번호를 준 것 같더군요. 지금 전화하시는 분도 그렇죠?

유빈의 설명에 잠시 침묵이 맴돌았다.

"와, 이건 정말 아닌 것 같습니다. MBG와 뒷거래가 있는 것도 모자라 연구원까지 빼 가려고 미리 작정한 거잖아요."

"미스터 램버트, 어떻게 하실 생각입니까?"

톰 로렌스는 질문하기는 했지만, 그가 아는 마크 램버트의 성격이라면 협상은 이미 끝난 것이나 다름없었다.

다혈질인 마크 램버트가 분노를 터뜨리지 않고 유빈의 이야기를 끝까지 들은 것만 해도 기적이었다.

하지만 마크 램버트의 대답을 들은 그는 자신의 귀를 의심했다.

마크 램버트의 시선이 유빈에게 향해 있었다.

톰 로렌스의 심장이 알 수 없는 불안감에 두근거렸다.

마크 램버트의 저 눈빛.

오래전에 자신을 스카우트하러 왔을 때, 보고 한 번도 보지 못한 눈빛이었다.

지금 마크 램버트는 그때와 같은 눈빛으로 유빈을 보고 있었다.

"자네는 어떻게 하는 편이 최선이라고 생각하나?"

"제리 클레멘트를 제대로 엿 먹일 수 있는 방법이 있습니다. 한번 들어 보시겠습니까?"

유빈이 씨익 웃으며 마크 램버트를 마주 봤다.

'왜 노인네가 신뢰하는지 알겠군.'

뉴욕에서 처음 만났을 때와는 달리 마크 램버트의 유빈에 대한 평가는 완전히 달라져 있었다.

고작 며칠 사이였다.

유빈은 말이 아닌 행동으로 자신의 능력을 입증했다.

사건에 대한 남들과 다른 접근 방식.

협상 당사자들의 배경을 철저히 조사한 후, 직접 발품을 팔아 현장의 살아 있는 정보를 입수하고 그것을 바탕으로 논리적인 추론을 해냈다.

그냥 넘어갈 수도 있는 '샌디에이고 부동산'이라는 평범한 단어를 키워드로 인식한 능력 또한 높이 샀다.

게다가 신기할 정도로 유빈의 이야기를 듣고 있으면 마음이 움직였다.

마크 램버트는 많은 뛰어나고 유명한 사람을 만났지만, 유빈과 비슷한 느낌을 받은 적은 한 번도 없었다.

자신의 경영 방침에 반항심이 있지만 그걸 무시하고 옆에 두고 싶을 정도로 매력적인 능력이었다.

"그래서 제리 클레멘트를 엿 먹일 수 있는 방법이 뭔가?"

"제리 클레멘트는 인수 금액이 낮다고 하더라도 오늘 어떻게든 협상을 마무리하려고 할 겁니다."

"600억 달러보다 가격을 더 낮추라는 건가?"

"그건 쉽지 않을 겁니다. 아무리 제리 클레멘트 회장이라도 이사회에서 승인받기가 쉽지 않을 겁니다. 에이티제이 이사회에서 받아들일 수 있는 선에서 가격을 제시해야 합니다."

"난 700억 달러 이상에서는 인수할 생각이 없네."

마크 램버트는 단칼에 무를 자르듯 선을 그었다.

"그럼 700억 달러로 하시죠. 이미 우리 쪽에서 600억 달러를 제시했기 때문에 받아들일 겁니다."

포트폴리오에 항체 신약이 없는 제네스로서는 에이티제이를 인수하면 당장 애브비의 매출이 잡힐 뿐만 아니라 미래를 위해서도 좋은 투자였다.

"그게 전부인가? 하긴, 원래 계약하려던 금액에서 400억 달러를 줄였으니 속이 쓰리겠지."

마크 램버트가 약간은 실망한 표정으로 고개를 끄덕였다. 지금 유빈이 만들어 놓은 상황만 해도 엄청난 것이기는 했다.

"그럴 리가요. 700억 달러에 에이티제이 측에서 MBG와의 계약 건을 해결하고 그에 더해……."

유빈은 혹시나 상대편이 들을 수 있다는 생각에 보통보다 작은 소리로 속삭였다.

이야기를 들은 마크 램버트의 눈썹이 꿈틀거렸다.

설명이 이어지는 동안 협상단 역시 마크 램버트의 눈치를 살폈다.

유빈이 방금 언급한 내용을 조건에서 빼기 위해 이전 협상에서 마크 램버트가 눈에 불을 켜고 달려들었다는 사실을 알기 때문이었다.

"자네 혹시 일부러."

"아닙니다. 저는 이 방법이 최선이라 생각해서 제안하는 것뿐입니다."

"……음. 개인적으로 마음에 들지는 않지만, 자네가 제안한 조건보다 제리 클레멘트를 더 난처하게 만들 방법이 떠오르지 않는군."

"제네스에도 이익이 되는 방향입니다."

"자네는 한 마디를 지려고 하지 않는군."

"선택은 미스터 램버트의 몫입니다."

"하, 하하하."

유빈의 **뻔뻔함**에 기가 차는지 한참 그를 쳐다보던 마크 램버트가 나직한 웃음을 터뜨렸다.

오늘 처음 보이는 잇몸 웃음이었다.

"제리 클레멘트의 표정이 기대되는군. 미스터 킴의 제안대로 진행하지."

테이블을 사이에 두고 다시 두 그룹이 마주 앉았다.

제네스 측도, 에이티제이 측도 서로의 생각을 들키지 않기 위해 포커페이스를 유지했다.

하지만 유빈에게는 에이티제이 협상단의 불안감이 그대로 보였다.

"미스터 램버트가 인수 금액으로 제시한 600억 달러는 터무니없는 가격입니다. 설사 여기서 사인을 한다고 해도 이사회에서 승인받지 못할 겁니다."

레이몬드 스미스의 발언에 잭 손튼이 유빈을 슬쩍 쳐다봤다. 유빈이 티 나지 않게 살짝 고개를 끄덕였다.

더 세게 나가도 상관없다는 표시였다.

"터무니없다? 우리는 그렇게 생각하지 않습니다. 600억 달러가 아니라면 굳이 협상을 이어 갈 필요가 없는 것 같군요. 아쉽지만 서로 빈손으로 헤어져야겠네요. 미스터 램버트?"

제리 클레멘트 회장과 MBG의 관계, 자신들을 속이기 위한 수작을 다 알고 나니 유빈이 왜 그렇게 강한 어조로 상대방을 대했는지 이해가 갔다.

잭 손튼의 어투가 거칠어진 것은 당연했다.

"MBG와의 합병 루머가 사실이 아닌 이상 서두를 필요가 없는 것 같습니다. 오늘은 더 진행하지 말고 시간을 충분히 갖은 후, 다시 만나는 게 현명한 것 같습니다. 미스터 클레멘트. 마무리하죠."

동의를 구하는 잭 손튼에게 바통을 이어받은 마크 램버트도 강공을 유지했다.

시간을 갖자는 말로 부드럽게 이야기했지만, 누가 봐도 더는 협상할 생각이 없어 보였다.

"자, 잠깐만요. 이렇게 두 회사가 모이기도 쉽지 않은데 조금 더 대화를……."

레이몬드 스미스가 일어서려는 마크 램버트를 급하게 저지했다.

에이티제이 측도 이쯤 되면 제네스 측에서 모든 건 아니더라도 상당 부분 진실을 알고 있다고 판단할 수밖에 없었다. 지금은 자존심을 챙길 때가 아니었다.

"더 할 말이 남았습니까?"

"……."

마음이 급했는지 입을 열지 못하는 레이먼드를 대신해 제리 클레멘트 회장이 직접 나섰다.

"미스터 킴이 처음에 제안한 760억 달러라면 협상의 여지가 있을 것 같습니다."

사냥감을 쳐다보는 맹수처럼 제리 클레멘트의 눈을 쳐다본 마크 램버트가 딱딱한 어투로 답했다.

"700억 달러. 그 대신 미스터 클레멘트가 처음에 주장했던 완전 고용 승계 조건을 받아들이겠습니다."

"……네?"

"완전 고용 승계 조건이 아니면 협상하지 않겠다고 그러시지 않았습니까? 그걸 받아들이겠다는 말입니다."

"아니, 갑자기 왜……."

제리 클레멘트의 얼굴이 다시 달아올랐다. 어쩔 줄 모르는 표정이 그대로 얼굴에 드러났다.

"왜 그렇게 당황하십니까? 인수 금액을 낮춘 대신 완전 고용 승계 조건을 제네스에서 승낙했다면 직원들도 좋아할 텐데요."

"아닙니다. 당황하긴요."

'소이어, 이 자식! 마크 램버트는 절대로 완전 고용 승계를 받아들이지 않을 거라고 하더니!'

제리 클레멘트 회장의 관자놀이 위로 작은 물방울이 흘러내렸다. 그가 손수건으로 이마를 닦았다.

그로기 상태의 클레멘트 회장에게 마크 램버트가 연타를 날렸다.

"단, 우리도 조건이 있습니다. 고용 승계된 직원을 3년간 특별한 이유 없이 인사 발령을 내지 않는 대신 역시 3년간 건강상 문제나 그에 준하는 특별한 이유가 아니라면 이직 등의 이유로 퇴사할 수 없다는 조항을 넣죠. 직원에게 특별히 불리할 건 없는 조항 같은데 어떠십니까?"

"그게……."

"망설이는 이유를 모르겠군요. 좋아하셔야 하는 거 아닙니까? 그렇게 직원을 아끼는 분이 설마 인수 금액이 줄어들었다고 울상을 짓는 건 아니겠죠? 아, 그러고 보니 클레멘트 회장님도 연구소장을 겸임하고 있지 않습니까. 조건대로라면 회장님도 제네스에 고용이 승계되는 것이군요. 하하."

에이티제이 협상단은 자기 발등을 찍은 클레멘트 회장을 돕고 싶었지만, 협상의 추는 이미 제네스로 완전히 넘어가 있었다.

에이티제이는 이미 전의를 잃은 모습이었다.

하염없이 땀을 닦는 제리 클레멘트의 모습에 속이 시원해진 마크 램버트는 조금 전 유빈의 제안을 떠올렸다.

모든 게 그의 말대로였다.

"완전 고용 승계를 조건으로 거는 겁니다."

유빈의 제안에 모든 사람의 시선이 그에게 쏠렸다.

완전 고용 승계 조건은 제리 클레멘트가 처음에 제안한 조건이었다.

그 조건을 빼기 위해 인수 금액을 올렸는데 그걸 다시 넣어라?

그의 뛰어난 머리로도 이해가 되지 않을뿐더러 기분도 좋지 않았다. 완전 고용 승계 같은 쓸데없는 일을 해야 하다니.

곧바로 반대하려던 마크 램버트는 유빈의 설명을 들으면서 목구멍까지 나왔던 말을 쑤셔 넣었다.

"제리 클레멘트가 계획했던 대로 협상이 끝났다면 그는 맨도즈의 지분을 취득하고 연구소장이 됐을 겁니다. 그리고 제네스는 에이티제이를 자회사로 흡수하는 과정에서 자의로든 타의로든 많은 직원을 잃을 겁니다. 연구팀의 핵심 인력이 합병이 마음에 안 들어서 나간다고 하면 잡을 수 있는 명분이 없죠."

"음……."

"그래서 완전 고용 승계를 조건에 다시 넣고 그 조건에 조건을 거는 겁니다."

"어지럽네요."

잭 손튼이 나름의 정리를 해보려 했다.

"제 말은 '완전 고용을 보장받은 직원은 3년간 이직 등의 사유로 회사에서 퇴직하지 못한다'라는 조건입니다."

"합병하는 도중에 회사를 그만두는 직원은 어떻게 합니까? 그것까지 막을 수는 없지 않습니까?"

"왜 그만둔다고 생각하나요? 맨도즈 연구소로 갈 수 없게 되면 회사를 그만둘 리가 없죠. 제약업계에서 제네스만큼 좋은 회사를 찾기가 쉽지도 않고요."

"아! 그러면 맨도즈로 연구 인력이 빠져나갈 일은 없겠군요!"

"조건은 조금 더 다듬어야 하지만 기본 틀은 그렇습니다. 무엇보다 제레 클레멘트는 패닉에 빠질 겁니다. 자신이 제안한 조건이니 받아들이지 않을 수는 없는데 그렇게 되면 소이어 CEO의 조건을 충족하지 못하게 됩니다."

"딜레마군."

"딜레마죠."

제네스 협상단이 모여 있는 곳에서 낮은 폭소가 터졌다. 제리 클레멘트 회장의 표정만 생각해도 웃음이 나오고 통쾌했다.

그리고 그 상상은 곧바로 현실이 되었다.

협상단이 비즈니스룸의 고풍스럽고 커다란 문을 열고 나오자마자 사방에서 플래시가 터졌다.

두 협상단의 분위기가 사뭇 다르자 기자들의 호기심이 발동했다.

"협상은 잘 마무리되었나요?"

"제네스가 에이티제이를 합병하는 건가요?"

"미스터 램버트, 미스터 클레멘트 한 말씀만 부탁합니다!"

에이티제이 협상단이 플래시를 피하며 빠르게 복도를 빠져나갔다. 기자들의 질문 세례에 잭 손튼 단장이 장내를 정리했다.

"잠시 후에 기자 회견을 하겠습니다. 그때 질문을 받겠습니다."

기자회견을 성공적으로 마치고 제네스 협상단은 페어몬트 호텔 스위트 룸을 빌려 광란의 파티를 벌였다.

이례적으로 마크 램버트도 뉴욕으로 돌아가지 않았다.

처음에는 불편해하던 사람들도 술이 조금씩 들어가자 신경 쓰지 않고 성공적인 협상의 밤을 즐겼다.

술 좋아하는 건 한국 사람이나 미국 사람이나 별다를 바가 없었다. 한국에서와 마찬가지로 주량으로 자존심을 세우려는 사람도 있었지만, 유빈에게는 어림없었다.

다음 날 아침.

여기저기 협상단원들이 널브러져 있는 공간을 지나쳐 현관을 연 유빈이 그 앞에 가지런히 놓여 있는 신문을 챙겨 들어왔다.

[제네스가 에이티제이 인수 완료를 발표했다. 제네스는 현금 700억 달러에 에이티제이의 주식과 함께, 10억 달러의 순부채(net debt)도 인수했다. 계약 조건에 따르면 에이티제이는 향후 3개월 안에 MBG와의 판매 계약을 해지해야 한다. 인수 금액인 700억 달러의 상당 부분이 사용될 것으로 예상된다. 제네스 내 신규 바이오 사업부문은 '에이티제이, 제네스 바이오'라는 이름으로 운영될 예정이다. 제네스 북미지역 제약사업부 사장이자 협상단 단장인 잭 손튼은 "에이티제이 인수는 제네스가 이번 인수의 대상을 통해 사업 성장 및 다각화 전략을 어떻게 실행해 나가고 있는지를 증명하고 있다."며 "이제 우리는 세계적으로 특화된 단백질 의약

품 사업을 구축했으며, 이 사업은 제네스에 즉각적으로 새로운 수익을 창출할 것."이라고 말했다.

에이티제이 제리 클레멘트 회장은 "비록 전 회사를 떠나지만 에이티제이는 제네스에 합류함으로써 더욱 강하고 경쟁력 있는 회사가 됐으며, 앞으로도 세계 항체의약품 사업의 원동력이 될 것"이라고 말했다. 이어 그는 "마크 램버트 제네스 글로벌 CEO의 통 큰 결정에 찬사를 보낸다"라고 덧붙였다. 제네스는 에이티제이 관리직을 제외한 전 직원의 완전 고용 승계를 조건에 포함했으며 이 결정은 3년간 유효하다고 밝혔다. 이 결정에 제약업계뿐만 아니라 정치권에서도 환영의 성명을 발표했다.

효율적인 인력 운영을 중시하는 마크 램버트 CEO의 정책으로 인해 불거진 제네스 지사 직원 해고 이슈도 이번 결정으로 일부분 완화될 것으로 보인다.

제네스 주가는 기자 회견 발표 후, 놀랍고 성공적인 인수합병이라는 평가에 7.5%가 급등했다. 반면 에이티제이는 예상보다 훨씬 낮은 인수가격에 그동안 오른 주가를 고스란히 반납하며 11% 하락해 마감했다.]

파이낸셜타임즈(FT) 일면에 마크 램버트 CEO와 제리 클레멘트 회장의 악수하는 사진이 실렸다.

두 사람의 표정만으로도 누가 협상의 승자인 줄 알 수 있었다.

"기사는 잘 나왔나?"

마크 램버트가 수건으로 머리를 털며 화장실에서 나왔다. 어제저녁 광란의 파티에서 정신을 놓지 않은 사람은 지금 두 사람뿐이었다.

"술이 세시군요."

"자네만큼은 아니지."

"한 번 읽어 보십시오."

유빈이 신문을 건넸다.

"음……."

기사를 읽는 마크 램버트의 얼굴에 숨길 수 없는 미소가 그려졌다.

"난 왼쪽 얼굴이 사진발을 잘 받는데 오른쪽이 나왔군. 정정 보도라도 내야 하나?"

"네?"

의외의 인간적인 모습에 유빈의 표정도 살짝 펴졌다.

"설마 완전 고용 승계로 회사 이미지 회복까지 생각한 건가?"

"아니라고 할 수 없군요."

"……대단하군. 미스터 킴, 아침 함께하지."

유빈의 대답에 눈을 빛낸 마크 램버트가 고른 치아를 보였다.

　참 맛있게도 먹는다.

　마치 저녁 식사처럼 푸짐하게 접시를 채워 온 마크 램버트가 쉬지 않고 음식을 입으로 가져갔다.

　술을 퍼마신 다음 날, 부대낌 없이 저렇게 음식을 먹을 수 있다는 건 기본적으로 건강하다는 뜻이었다.

　건강하지 않고 체력이 달리면 CEO는 절대로 될 수 없었다.

　하루에도 몇 개씩 스케줄을 해치우고 중요한 회의에 참석해야 한다. 회사의 명운을 결정할 굵직한 결정에서부터 자잘한 일까지, 선택은 CEO의 몫이었다.

　맑은 정신을 유지하기 위해서는 체력과 건강이 필수였다.

　마크 램버트에 비해 막판에 합류한 톰 로렌스는 오트밀만 깨작거리고 있었다.

　안 그래도 하얀 얼굴이 더 창백해 보였다.

　톰 로렌스는 가끔 모호한 표정으로 유빈을 슬쩍슬쩍 쳐다봤다. 어제저녁 뭔가 중요한 이야기들 들은 것 같은데 그놈의 술 때문에 기억이 나지를 않았다.

기분 나쁜 이야기는 분명히 아니었다.

그렇다고 다시 물어보기에는 자존심이 허락하지 않았다.

톰 로렌스의 흘깃거림도, 먹는 데만 집중하고 있는 마크 램버트도 유빈은 개의치 않았다.

에이티제이 협상 건으로 자신에 대한 마크 램버트의 인식이 바뀌었다는 건 알고 있었다.

하지만 아직 부족했다.

마크 램버트의 오라는 뉴욕에서처럼 공격적인 모습을 보이지는 않았지만, 여전히 갑옷처럼 그를 감싸고 있었다.

유빈의 충고가 들어갈 틈이 없었다.

그의 생각을 바꾸기 위해서는 두꺼운 오라를 무장해제할 수 있는 강력한 한 방이 필요했다.

마크 램버트에 비교해 유빈은 심플하고 고요한 조식을 즐기고 있었다.

스크램블 에그와 오트밀 그리고 신선한 과일 몇 조각이 전부였다.

수행을 시작한 이후로 유빈에게 식욕은 문제가 아니었다. 백서제약을 다닐 때만 해도 회식이 없는 날은 피자와 치킨 그리고 족발을 번갈아 시켜 먹던 과거의 유빈은 이제 없었다.

"자네는 참 제어를 잘하는군."

식사를 어느 정도 마무리하고 커피를 마시려던 마크 램버트가 드디어 입을 열었다.

"제어요?"

"식욕 말일세. 속이 더부룩해 보이지도 않는데 음식을 탐하는 모습을 전혀 보이지 않는군. 어제 협상장에서처럼 말이야."

협상장에 음식이 있었나.

유빈은 마크 램버트의 속뜻을 알아채기 위해 그의 다음 말을 기다렸다.

마크 램버트는 아무 이유 없이 아침을 먹자고 할 사람이 아니었다.

"자네는 협상할 때, 감정을 거의 내비치지 않더군. 논리로 에이티제이 협상단을 위압할 때도, 마지막에 제리 클레멘트가 땀을 뻘뻘 흘릴 때도 자네의 표정은 한결같았네. 지금처럼 말이야."

"비지니스니까요. 에이티제이에 다른 감정은 없습니다."

"바로 그 점이야. 자네는 장점이 많지만 내가 가장 높이 보는 점이 바로 감정을 제어할 수 있다는 것이네. 사람은 아무리 논리적이라고 해도 감정을 제어하기가 쉽지 않지. 특히 어제 같은 상황에서는 더욱 그렇고."

"……감사합니다."

무슨 말을 하려는 거지.

그가 아는 마크 램버트는 누군가를 대놓고 칭찬하는 사람이 아니었다.

"제약업계 커리어가 5년이 안 된다고 알고 있는데 맞나?"

"맞습니다."

"제네스에서는 2년이 조금 넘었고."

"그것도 맞습니다."

"허, 믿기지 않는군."

"저도 제가 이 자리까지 와 있는 게 가끔은 믿기지 않습니다."

"운이 아니라는 건 알고 있네. 운으로만 올 수 있는 자리가 아니지. 보통은 통찰력이 있으면 행동력이 떨어지게 마련이지. 그런데 자네는 둘 다 가지고 있어."

"……."

유빈은 몸 둘 바를 모르는 대신, 이제 속에 있는 말을 하라는 듯이 마크 램버트를 응시했다.

두 사람의 대화를 듣고만 있던 톰 로렌스가 긴장된 표정으로 마크 램버트의 다음 말을 기다렸다.

오랫동안 CEO의 옆을 지켜 온 그는 계속되는 칭찬이 유빈을 스카우트하기 위한 포석임을 알 수 있었다.

이제 중요한 건 포지션이었다.

어떤 포지션을 제안하느냐에 따라 마크 램버트가 유빈을 얼마나 인정하고 있는지 확인 가능했다.

"뉴욕 본사로 오게."

"네?"

"자네 같은 사람이 옆에서 도와주면 새로운 제네스를 만드는 데 큰 힘이 될 걸세. 북미 리전 MSO(마케팅 전략 책임자, Marketing Strategy Officer) 자리를 주겠네."

유빈은 반사적으로 반문했지만, 그 뒤로 짧지 않은 정적이 흘렀다. 잘못 들었나 싶을 정도였다.

톰 로렌스도 마찬가지였다.

아시아 BD 매니저도 유빈의 커리어에 비해서는 높은 위치였지만, 북미 리전 MSO는 차원이 다른 자리였다.

BD 매니저가 아시아 리전에서 차장, 부장급이라면 CMSO는 본사의 상무급이었다.

게다가 북미 리전은 미국과 캐나다를 포함하는 거대 시장으로 제네스 매출의 50%를 책임졌다. 제네스뿐만이 아니라 모든 제약회사가 가장 중요하게 생각하는 시장의 MSO를 맡기겠다는 제안은 유빈을 핵심 멤버로 받아들이겠다는 뜻이었다.

톰 로렌스도, 유빈도 예상하지 못한 파격적인 제안이었다.

유빈이 계속 침묵을 유지하자 마크 램버트가 말을 이었다.

"뉴스에서 아시아 리전의 NEVA 프로젝트에 대해 봤네. 흥미롭더군. 새로운 시스템을 만드는 일은 쉬운 게 아니지. 나도 해봐서 아네."

"……감사합니다."

유빈은 일단 고개를 숙였다.

아시아 리전 BD 매니저와는 달리 북미 리전 MSO는 뉴욕 본부에서 근무하게 된다.

마크 램버트와 자주 얼굴을 맞댈 기회가 생긴다는 뜻이었다. 영업할 때와 마찬가지로 자주 얼굴을 봐야 방어벽을 무너뜨리기가 수월했다.

여러 가지 이유로 거절하기가 쉽지 않은 제안이었다.

"NEVA가 신선한 아이디어이기는 하지만 실적을 제외한 인사 평가는 시기상조, 아니, 성공하기 힘든 기획이라고 생각하네. 그 기획은 일회성 이벤트로 내버려 두고 본사로 와서 북미 리전에 E디테일이 안착할 수 있도록 도와주게."

마크 램버트는 지금 뉴욕 본사로 오는 대신 NEVA를 버리고 E디테일을 맡아 달라고 하고 있었다.

직설적으로 말하면 '네 신념은 접고 내 일을 도와라.' 그러면 승진시켜 주겠다는 뜻이었다.

승진?

유빈이 승진하려는 이유는 단 한 가지였다.

희귀병 질환 연구를 재개할 수 있는 자리에 오르기 위해서였다. 그런데 여기서 마크 램버트의 제안을 받아들이고 그의 밑으로 들어간다?

마크 램버트는 회사 운영이라는 큰 그림에 관해서는 부하의 말을 듣는 사람이 아니었다.

특히 희귀병 질환 연구는 듀레인 회장의 유산이기 때문에 더욱 들어줄 리가 없었다.

고민하던 유빈의 오라가 안정을 되찾았다. 유빈은 마크 램버트의 눈을 똑바로 보면서 답했다.

"말씀은 감사하지만 거절하겠습니다."

정적이 흘렀다.

톰 로렌스는 마시던 물을 내뿜을 뻔했다.

이런 기회를 거절하다니. 그의 상식으로는 도저히 이해가 되지 않았다.

그는 슬쩍 마크 램버트의 눈치를 살폈다.

어디서 초강력 냉풍기라도 튼 것처럼 두 사람을 감싸고 있던 온도가 급속히 냉각되었다.

마크 램버트는 유빈이 거절할 거라고는 미처 생각하지 못했는지 여유 있는 자세로 마시던 커피잔을 거칠게 내려놓았다.

"거절한다고? 부담돼서 그런 건가?"

"그런 건 아닙니다."

"그럼 이유가 뭔가?"

"저는 E디테일보다는 NEVA가 새로운 제네스를 만들어 가는 원동력이 될 수 있다고 생각합니다."

유빈은 그의 차가운 눈빛을 그대로 받으며 침착하게 답했다.

"……그게 이유인가?"

"조금 더 정확히 말씀드리자면 E디테일의 목적에 찬성할 수가 없기 때문입니다."

"목적에 찬성할 수 없다라. 효율적인 조직을 만들려는 시도가 뭐가 잘못되었다는 거지?"

"솔직히 말씀드리죠. 미스터 램버트가 말하는 효율적인 조직은 영업팀을 축소하는 것이지 않습니까. 저는 영업팀을 축소하는 데 반대합니다."

"그냥 축소하는 게 아니지. 효율적으로 축소하자는 거네. 영업사원의 감원은 막을 수 없는 시대의 흐름이야. 미국의 제약회사에서는 영업사원이 가장 많았을 때와 비교해 현재는 인력을 25% 줄였네."

마크 램버트가 유빈을 설득시키겠다는 듯이 대꾸할 틈도 주지 않고 자신의 논리를 강하게 펼쳤다.

"MR이 더는 효율적인 정보 전달자가 아니란 말일세. 규제가 강화되면서 MR이 할 수 있는 일이 점점 줄어들고 있네. 홍보 수단이 없는데 어떻게 처방을 유도하겠나. 이제는 패러다임을 바꿀 때가 되었네."

"그럼에도 불구하고 MR은 제약회사에 꼭 필요한 존재입니다. MR은 약품에 대한 정보 제공자의 역할뿐만 아니라 정보 수집 그리고 척후병의 역할까지도 합니다. 의료진이 제네스에 대해 어떻게 생각하는지, 이번에 새로 런칭한 약품의 단점은 무엇인지. 의료진과 유대감을 형성한 MR만이 얻을 수 있는 정보입니다. 이번에 에이티제이와 협상하면서 제가 왜 일반 직원의 말을 들으러 갔겠습니까? 진짜 정보는 현장에 있기 때문입니다."

불꽃이 튀었다.

서로 한 치의 양보도 없이 서로의 신념을 부딪쳤다.

"그 유대감 때문에 의료진이 처방할 약을 선택하면 되겠나? 제네스의 약품 효능이 더 좋은데 의료진이 MBG MR과 친해서 그쪽의 약을 처방하는 게 옳다는 것인가?"

"MR은 약품에 대한 정확한 정보를 전달해 줄 뿐입니다. 선택은 의사의 몫이죠. 하지만 비슷한 효능을 보이는 약이 경쟁하고 있다면 의사는 당연히 자주 찾아오고 유대감이 있는 제약사의 약을 선택할 겁니다. 의료진은 기계가 아닙니다. 사람입니다. 지금 미스터 램버트가 하려는 일은 제네스와 의료진을 차단하는 것밖에 되지 않습니다."

"자네는 SNS도 하지 않나? 원격 진료는? 휴대용 전화기는? 모든 혁신적인 발명은 사람과 사람이 직접 만나는 일을 줄여 줘서 시간을 아끼고 효율성을 높였네. 제약은 예외인가? 생명을 다루는 일이라서? 오히려 그렇기 때문에 정보 전달의 오류가 있어서는 안 되네. E디테일은 그걸 막아주지. 알겠나?"

"그런 이유에서라면 NEVA도 오류를 막을 수 있습니다. 의료진이 MR을 평가하는 항목에는 잘못된 정보의 전달 역시 마이너스 요소로 들어가 있습니다. NEVA는 미스터 램버트가 우려하고 있는 허들을 넘기 위한 MR의 역할 변화를 유도하고 있습니다."

"NEVA는 성공할 수 없네. 의료진에게 MR의 평가를 맡기다니. 안 그래도 바쁜 사람들인데 왜 일을 더 하려고 하겠나."

"저는 그렇지 않다고 생각합니다. NEVA로 인해 제네스 영업 인력에 대한 의료진의 관심은 커질 겁니다. 유대감도 강해질 거고요. E디테일이야말로 제네스가 100년 동안 힘들게 쌓아 온 브랜드 가치를 무너뜨릴 겁니다."

"그게 무슨 소리인가?"

"예를 들어 보죠. 한국에서는 스타벅스 커피가 아주 인기가 좋습니다."

뜬금없는 예였지만 마크 램버트는 인내심을 발휘했다.

"상당히 비싼 스타벅스 커피를 직장인이나 학생들이 줄 서 가면서 사 마시는 것은 브랜드 가치 때문입니다. 스타벅스라면 고급스러워 보이고 질이 좋은 원두를 사용했을 것 같은 이미지가 있기 때문입니다."

"그런데?"

"제네스도 마찬가지입니다. 100년 이상 업계에 있으면서 신약을 개발하고 의료진과 동고동락해 왔습니다. 의료진은 제네스에 대한 이런 이미지를 가지고 있습니다. 신뢰할 수 있는, 혁신적인, 사회에 공헌하는, 등등입니다. 스타벅스 커피와 마찬가지로 제네스에서 신약이 나왔다고 하면 믿고 처방합니다. 그 이미지의 상당 부분은 우리의 MR에게 공로가 있습니다. 의료진을 직접 만나는 사람들이기 때문이죠."

"E디테일은 자네가 말한 제네스에 대한 의료진의 신뢰를 강화할 걸세."

두꺼운 오라만큼이나 마크 램버트의 귀는 닫혀 있었다. 둘의 대화가 평행선을 이뤘다. 누구 하나 물러설 생각이 없어 보였다.

"저, 미스터 램버트. 세 시에 에레바트와 미팅이 있습니다. 지금 출발하셔야……."

왠지 안심한 표정으로 톰 로렌스가 힘겹게 끼어들었다.

뭐라고 하려던 마크 램버트가 천천히 고개를 끄덕였다. 다른 사람은 몰라도 FDA 청장인 안드레 에레바트를 기다리게 해서는 안 되었다.

"더는 대화가 무의미하겠군. 자네는 오늘 내 제안을 거절한 일을 두고두고 후회할 걸세. 자네는 승승장구하고 있으니 잘 모를 수도 있지만, 인생에 이만한 기회는 자주 찾아오지 않네. 제안한 것 자체로 에이티제이 협상에서 보여 준 자네의 공로에는 보답한 것으로 여기겠네."

자리에서 일어난 마크 램버트를 유빈이 쳐다봤다.

"제가 성공한다면요?"

"뭐?"

"제가 NEVA를 아시아 리전에 성공적으로 안착시킨다면 어떻게 하시겠습니까? 미스터 램버트는 무조건 실패한다고 하지 않으셨습니까?"

"하하, 그렇게 생각한다고 해서 내가 뭘 해야 하는 건 아니지. 안 그런가?"

"그런 건 아니죠. 그럼 이렇게 말씀드리죠. NEVA가 실패한다면, E디테일을 보완하는 방법을 말씀드리겠습니다. 지금 발표하신 그대로만 한다면 E디테일은 절대로 성공할 수 없습니다."

"……자네는 정말 협상을 할 줄 아는군. E디테일이 성공하지 못할 거라는 말에는 동의할 수 없지만, 자네의 생각이 궁금한 건 어쩔 수 없군. 좋아. NEVA가 성공한다면 내가 뭘 해주면 되겠나?"

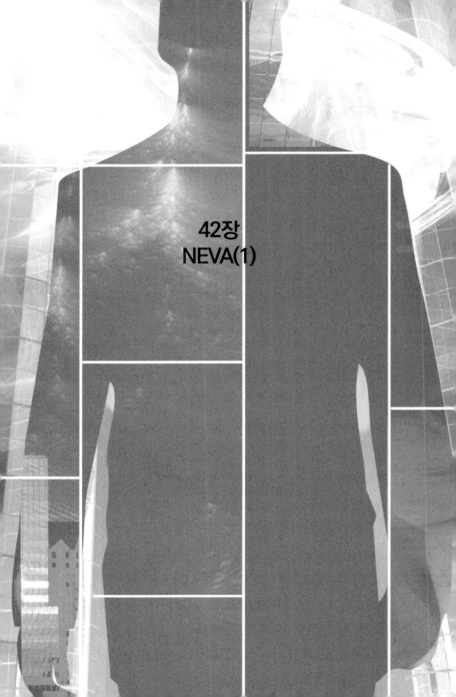

42장
NEVA(1)

버라이어티했던 아침을 마무리한 유빈은 협상단과 아쉬운 인사를 나누고 바로 샌프란시스코 공항으로 향했다. 잭손튼은 언젠가 같이 일해 보고 싶다며 특히 헤어짐을 아쉬워했다.

마크 램버트만큼은 아니지만, 유빈도 한가하게 관광을 할 만큼 시간이 남아돌지 않았다.

에이티제이와의 합병 협상이 없었더라면 싱가포르 아시아 본부에서 나비로이 런칭을 준비하기에 여념이 없을 시간이었다.

다행히 아시아 본부의 미즈 콜슨이 유빈의 역할을 잘 대행해 주고 있었고 타츠야와 리센위와도 계속 의견을 나누며 준비를 차근히 진행하고 있었다.

호주와 인도에서도 코마케팅 계약을 성공적으로 맺었다는 소식도 들려왔다. 전화기 너머로 나라엔 CEO가 힘들었다고 투덜거렸지만 몇 번 칭찬해 주니 잠잠해졌다.

그래도 이제는 돌아갈 때였다.

마크 램버트에게 호언장담한 이상 NEVA를 꼭 성공적으로 안착시켜야 했다. 그리고 그 결과에 대해 그가 두말할 수 없도록 단순한 성공 이상의 결과를 내야 했다.

유빈은 앞으로 할 일을 정리하며 샌프란시스코 공항에서 탑승 수속을 기다렸다.

싱가포르에 돌아가기 전에 마무리할 일이 생각난 유빈은 누군가에게 전화를 걸었다.

그런데 신호가 몇 번 울리고 유빈은 바로 전화를 끊었다.

잠시 뒤 유빈의 전화기가 울렸다.

-누구시죠?

"미스터 로렌스."

-미스터 킴?

"죄송합니다. 제가 번호를 잘못 눌렀습니다."

-아, 그런가?

"전화하신 걸 보니까 아직 탑승 전인가 보군요.

전화기를 통해서 들어서일까.

평소 유빈에게 향해 있던 독기가 빠진 듯한 순한 목소리였다.

─맞네. 그쪽은 아직 호텔인가?

"아닙니다. 저도 공항에 왔습니다."

─벌써 돌아가나? 우리도 지금 공항인데. 그쪽은 국제선이겠군.

빙빙 겉도는 것 같은 대화에 유빈이 마무리를 지으려 했다.

"그럼 조심히 가십시오. 다음에 또 뵙겠습니다."

─아, 잠깐만. 그게…… 궁금한 게 있어서 그런데…….

"말씀하십시오."

─어제 술자리에서 말이야. 나한테 듀레인 회장님과 관련해서 무슨 말을 하지 않았나? 기억이 날 듯 말 듯한데 시원하게 떠오르지 않는군.

"아침에 물어보려던 게……."

─맞네. 미스터 램버트가 옆에 있어서 제대로 물어보지 못했네.

"음. 맞습니다. 듀레인 회장님과 관련한 이야기를 했죠."

─역시 그렇군. 답답해서 그런데 다시 이야기해 주면 안 되겠나?

"별 이야기는 아닙니다만."

―괜찮네. 상관없네.

"음, 어제 술자리에서 미스터 로렌스가 저한테 먼저 듀레인 회장님 이야기를 꺼냈습니다."

―그랬나?

"네. 한참 이야기하다가 듀레인 회장님의 미스터 로렌스에 대한 평가 이야기가 나왔고요."

―아…… 그 이야기였나?

실망한 느낌이 전화기로 고스란히 전해져 왔다.

하지만 유빈은 굳이 듀레인 회장의 평가를 재현했다.

"회장님은 미스터 로렌스를 미래는커녕 한 치 밖의 일도 못 본다고 하셨죠."

―그 이야기라면 알고 있었네…….

"그렇습니까? 어제는 그 뒤의 이야기를 듣고 놀라시던데요."

―그 뒤의 이야기? 무슨 다른 이야기가 있나?

"회장님은 그다음에 이렇게 이야기하셨죠. 한 치 앞을 보지는 못해도 한 치 안에 있는 개미 숫자까지 셀 수 있을 정도로 꼼꼼한 친구라고요. 내가 CEO였더라도 같이 일하고 싶을 정도라고요."

―……그게 정말인가?

톰 로렌스의 목소리가 잦아들었다.

"며칠 전에 회장님한테 직접 들은 이야기입니다. 전에 미스터 램버트가 회장님한테 물어봤을 때도 같은 대답을 해줬다고 하시더군요."

전화기에서 더는 소리가 들리지 않았다.

유빈은 이야기를 마저 했다.

"그래서 추진력 있고 비전을 갖춘 미스터 램버트와 실수가 적고 상황 판단이 뛰어난 미스터 로렌스가 좋은 팀이 될 수 있을 거라고 하셨습니다. 다만…… 미스터 램버트에게 쓴소리까지 할 수 있으면 금상첨화라고 덧붙이셨습니다."

─……알겠네. 고맙네. 나중에 보지.

톰 로렌스가 한참 뒤에야 대답하고는 전화를 바로 끊었다.

끊긴 전화기를 주머니 안에 집어넣으며 유빈은 의미심장한 미소를 지었다.

협상이 타결된 날 저녁, 톰 로렌스는 뉴욕 본사 엘리베이터 안에서 나눴던 대화에 대해 사과했다. 그리고 유빈을 인정하며 칭찬했다.

왜 듀레인 회장이 아끼는지 알겠다고.

술이 과하게 오른 그는 쌓인 게 많은지 주저리주저리 자신의 이야기를 털어놨다.

그중에는 어디서 주워들었는지 자신에 대한 듀레인 회장

의 평가 이야기도 있었다.

"……끅. 섭섭했지. 한편으로는 실망도 했네. 다른 사람도 아니고…… 듀레인 회장님이니까. 그래도 나름으로 열심히 살아 왔고 이룬 것도 많은데…… 끅."

유빈은 협상 내내 자신과 마크 램버트를 쳐다보는 톰 로렌스의 오라가 요동치는 모습을 지켜봤다. 그 의미가 어떤 것인지 알 것 같았다. 지금 톰 로렌스가 하는 이야기도 그런 마음의 연장선에 있었다.

"저도 들었습니다. 이번에 뉴욕에 와서 듀레인 회장님을 잠깐 만났습니다. 그때 이야기해 주시더군요. 그런데 그게 전부가 아니던데요."

알고 있는 뒷부분을 이야기해 주자 술에 취한 상태에서도 톰 로렌스는 못 믿겠다는 표정으로 잠시 말을 잇지 못했다.

"……정말 끅 그렇게 말씀하셨단 말이야?"

"정말입니다. 그래서 드릴 말씀이…… 응? 미스터 로렌스?"

그렇게 술기운을 이기지 못하고 쓰러진 톰 로렌스는 유빈이 이야기해 준 내용까지 기억하지 못하게 되었다.

유빈은 이번 기회에 톰 로렌스의 생각을 바꾸고 싶었다. 공항에서 그에게 전화를 건 이유였다.

쓴소리에 관한 내용은 유빈이 톰 로렌스에게 내내 하고 싶었던 말이었다.

누가 뭐래도 마크 램버트 CEO의 측근은 톰 로렌스였다. 그가 쓴소리까지 할 수 있다면 마크 램버트는 한층 균형 잡힌 회사 경영을 할 수 있을 것이었다.

"톰. 탑승 시작했잖아. 어디 갔다 왔어?"

약간은 얼이 빠진 얼굴의 톰 로렌스가 다가오자 마크 램버트가 신경질적으로 읽고 있던 신문을 접었다.

"잠깐 통화 좀 하고 왔습니다. 가시죠."

"이번 주에 E디테일 팀하고 미팅 좀 잡게."

"E디테일 팀이요? 지금 런칭 준비 때문에 정신없을 텐데요."

"미스터 킴이 한 이야기가 신경 쓰이는군. 무슨 생각으로 E디테일이 성공할 수 없다고 하는지 모르겠지만, 지금까지 봐 온 그 친구의 말이라면 그냥 무시하고 지나가기가 힘들군. 보완점이라……."

"……."

"톰, 왜 대답이 없나?"

퍼스트 클래스를 위한 통로로 걸어가는 톰 로렌스의 눈동자가 흔들렸다.

마크 램버트는 공항으로 오는 택시 안에서 간간이 유빈의 이야기를 했다. 젊은 친구가 아직 어려서 기회의 소중함을 모른다고. CEO인 자신한테 한 마디도 지려고 하지 않는 모습이 승진하고 싶은 생각은 있는 건지 의심스럽다고.

불쾌함과 안타까움이 동시에 담긴 말투였다.

생각해 보면 그럴 만도 했다.

마크 램버트의 승진 제안을 거절한 사람은 유빈이 처음이었다. 게다가 면전에서 CEO의 야심 찬 기획이 성공하지 못할 거라고 장담까지 했다.

그럼에도 불구하고 마크 램버트는 여전히 유빈의 거절에 입맛이 쓴 모양이었다. 그만큼 그의 능력을 인정하고 아쉬워한다는 뜻이었다.

톰 로렌스는 이번 협상 내내 아무리 CEO 앞이라도 자신의 의견을 당당하게 내놓는 유빈에게 충격을 받았다. 하지만 더 큰 충격은 그런 유빈을 대하는 마크 램버트의 태도였다.

유빈에게 들은 자신에 대한 듀레인 회장의 평가를 떠올린 톰 로렌스의 눈빛이 단단해졌다.

"……미스터 램버트, E디테일 팀은 유럽 런칭 때문에 매일같이 야근하고 있습니다. 내일 회의한다고 해도 바로 보완점을 찾기도 힘들뿐더러 지금은 준비한 것을 완벽하게 시행하는 데 중점을 둬야 할 것 같습니다."

"응?"

비행기에 막 올라서려던 마크 램버트의 발걸음이 멈췄다. 그리고 자신의 의견에 토를 단 톰 로렌스를 쳐다봤다.

톰 로렌스도 눈빛을 피하지 않았다.

"미스터 킴이 한 말을 뭐하러 그렇게 신경 쓰십니까? 미스터 램버트, E디테일은 성공할 겁니다."

"음……."

"미스터 킴이 협상에서 뛰어난 능력을 보인 것은 사실입니다. 하지만 한 제품의 마케팅은 또 다른 문제입니다.

"내가 너무 과민했던 것 같군."

"런칭이 성공적으로 마무리되면 태스크포스팀을 꾸려서 E디테일을 보완할 방법을 한번 찾아보겠습니다."

마크 램버트가 톰 로렌스의 어깨를 살짝 짚으며 미소를 지었다.

"들어가지."

"……알겠습니다!"

어깨를 살짝 떤 톰 로렌스가 활짝 웃으며 시원하게 답했다.

뉴욕 본사에서 마크 램버트의 기자 회견을 시작으로 나비로이의 대대적인 런칭 행사가 이어졌다.

미디어에서 더 큰 관심을 보인 것은 주인공인 '나비로이'보다는 역시 E디테일 시스템이었다.

마크 램버트는 뉴욕에서 런칭 행사가 끝나자마자 유럽 헤드 쿼터가 있는 스위스 취리히로 날아갔다.

그는 나비로이 유럽 런칭 행사에서 모두발언을 시작으로 KOL을 대상으로 하는 E디테일 설명회에도 참석하는 열의를 보였다.

글로벌 헤드쿼터와 유럽에서의 런칭 행사에 이어 전 세계에 퍼져 있는 나머지 제네스 지사에사도 나비로이의 본격적인 홍보와 판매가 시작되었다.

유빈은 새로운 인사 시스템인 NEVA가 자리 잡을 수 있도록 아시아 본부 HR은 물론 각국의 HR과 소통하며 세심하게 프로젝트를 진행했다.

그리고 일주일에 한 번씩 BD팀과 CoMarketing 담당자로부터 짧은 상황 브리핑을 받았다.

"루이자, 호주는 어떤가요?"

"화이트모어사와 협업이 잘 이뤄지고 있습니다. 초도물량이지만 약국으로 출고된 '나비로이' 판매량도 예상 이상이라고 합니다."

"이제 한 달이 지났는데 일본에서도 잘 자리 잡고 있습니다. 코마케팅은 탁월한 선택이었던 것 같습니다."

타츠야가 루이자에 이어 대답했다.

나라엔 CEO가 직접 담당하고 있는 인도와 유빈이 담당하고 있는 한국도 순조롭게 판매가 진행되고 있었다.

"리, 중국은 어떻습니까?"

유빈은 회의 초반부터 유독 얼굴이 편해 보이지 않는 리센위에게 시선을 돌렸다.

"일단 첫 달이라 매출은 잘 나왔는데 NEVA 때문에 영업팀에서 말이 좀 나오고 있는 것 같습니다."

유빈의 시선뿐 아니라 회의실의 모든 사람이 리센위를 쳐다봤다.

리센위가 어울리지 않게 얼굴을 붉혔다.

"무슨 문제가 있나요?"

자기 나라의 치부를 보이는 것 같아서 그런 건지 리센위가 쭈뼛거리며 답했다.

"그게…… 몇몇 의료진이 NEVA를 나쁘게 이용해서 영업팀이 곤란해하고 있다고 했습니다."

"뭉뚱그리지 말고 정확하게 말씀해 보세요."

"그러니까 의사들이 MR에게 말을 안 들으면 평가를 최하로 주겠다고 하면서 말도 안 되는 심부름을 시키거나 무리한 부탁을 한다고 들었습니다."

무슨 말인지 알 것 같았다.

처음에 NEVA 시스템을 기획할 때 유빈도 우려한 부분이기도 했다. 하지만 의료진을 믿고 도입했는데 중국에서 일이 터진 것이다.

평가 시스템이 제대로 작동 안 하면 영업팀의 사기가 떨어질 것은 자명했다.

"공식 채널을 통한 정보인가요?"

"……아닙니다. 전에 같이 일했던 영업팀 동료에게 전해 들은 이야기입니다."

"리, 왜 이런 일이 벌어지는 것 같습니까?"

"……중국은 아직 제약업이 성숙기에 들어서지 못했습니다. 과도기죠. 관시의 영향도 있고 의료진에 대한 대우도 형편없습니다. 리베이트가 성행할 수밖에 없는 조건입니다."

"관시는 그렇다 치고 의료진에 대한 대우가 형편없다고?"

타츠야가 의아한 표정으로 물었다.

생명을 다루는 의사라는 직업은 나라를 불문하고 당연히 좋은 대우를 받을 거로 생각했다.

"미스터 츠카모토는 중국에서 왜 영업직을 선택하는 의사가 많다고 생각하십니까?"

"글쎄요……."

"중국 의사의 월평균 급여는 일반 노동자와 비교해 20% 정도 더 받는 수준입니다. 제약회사 영업직은 인센티브가 있어서 오히려 벌이가 의사보다 좋은 경우가 많습니다."

"네? 정말이요?"

"사회에서 존경받는 정도도 다른 나라에 비해 낮은 편입니다. 환자가 의사에게 폭력을 행사하는 경우도 다반사죠."

"그 정도입니까?"

나라엔도 대강 알고 있는 이야기였지만, 이렇게 자세히는 아니었다.

"부끄럽지만 그렇습니다. 열심히 공부해서 의사가 되었는데 수입도 일반 노동자와 비슷하고 존경도 못 받는다면 무엇으로 보상받겠습니까? 처방에 대한 대가를 받는 게 당연해진 겁니다. NEVA는 그런 의미에서 중국 의사에게 환영받을 수가 없는 시스템입니다."

유빈이 무거운 표정으로 물었다.

"코마케팅은 어떻습니까?"

"그쪽은 문제가 없습니다. 중국은 일반 감기약이나 기침약 같은 경우에는 중약성분이 포함된 중국 브랜드를 선호하지만, 해열제를 비롯한 전문 의약품은 외국 제약회사의 브랜드를 선호합니다. 마찬가지로 의사들도 중국 제약회사의 영업사원을 선호하지만, 약품은 외국 브랜드를 선호하죠. NEVA 문제만 없으면 코마케팅은 걱정 안 하셔도 됩니다."

"좋습니다. 그럼 NEVA를 해결해야겠군요. 미스터 나라옌, 리와 상해에 다녀와야 할 것 같습니다. 여기서 해결할 문제는 아닌 것 같습니다."

미스터 나라옌이 고개를 끄덕였다.

아시아 리전에서 중국의 매출이 차지하는 부분은 매년 커지고 있었다.

내년에는 아시아 본부에서 중국을 떼어 내 두 개의 리전으로 분리한다는 이야기가 돌 정도였다.

유빈이 직접 출장 가는 이유는 그뿐이 아니었다.

공식 채널인 제네스 차이나 HR에서는 NEVA에 아무 문제가 없다고 보고했다.

제네스 차이나에서 정보를 숨기는 이상 싱가포르에서 정확한 상황을 파악하기 힘들었다.

💼

제네스 차이나의 인사부장 양제츠는 유빈을 향해 연신 고개를 끄덕였다.

양제츠는 아시아 리전 나비로이 책임자가 중국을 방문한다고 했을 때 걱정을 많이 했다. 누가 뭐라고 해도 그는 최근 제네스 아시아 리전에서 가장 잘나가는 사람이었다.

전 세계 제약업계가 주시하고 있는 NEVA의 기획은 물론,

최근에 제네스와 에이티제이 합병 협상에서도 중요한 역할을 했다고 알려진 인물이었다.

그런 사람이 중국의 제약 환경은 무시한 채 NEVA를 밀어붙이면 어떡하나 고민했는데 유빈은 전혀 강압적이지 않았다.

오히려 리센위에게 들은 설명을 바탕으로 어려움을 충분히 이해한다는 제스처를 취했다. 양제츠로서는 부드럽게 상황을 묻는 유빈에 대한 첫인상이 좋을 수밖에 없었다.

"NEVA의 운영에 문제가 없다고 하면 그게 더 이상한 일입니다. 어떤 것이든 새로운 시스템을 도입하면 문제가 생길 수밖에 없죠."

"아, 네…… 그렇죠. 그래도 워낙 잘 만들어진 시스템이라……."

"괜찮습니다. 다른 나라에서도 조금씩 문제점이 보고되고 있습니다. 문제점이 생기면 보완하고 이러면서 시스템이 자리를 잡는 거죠. 제네스 차이나에서만 아무런 문제가 없다고 하면 오히려 더 의심했을 겁니다."

처음에는 아무런 문제가 없다는 것처럼 이야기하던 양제츠는, 이미 알고 왔지만 괜찮다는 듯한 유빈의 태도에 조금씩 고민하는 모습을 보였다.

"그게……."

어디까지 이야기해야 하나 고민하고 있을 때, 인사부장의 업무실이 노크도 없이 활짝 열렸다.

그리고 금테 안경을 낀 날카로운 인상의 중국인이 거리낌 없이 업무실 안으로 들어왔다.

양제츠가 황급히 자리에서 일어났고 리센위의 인상은 찌푸려졌다.

"사장님, 오셨습니까!"

인사부장의 인사를 본체만체한 사장이라 불린 사람이 유빈을 마주 보고 앉았다.

"크리스 루입니다."

유창한 영어와 함께 그가 손을 내밀었다.

"아시아 본부 BD 매니저 유빈 킴입니다."

"하하, 어떻게 미스터 킴 같은 유명인을 모를 수가 있습니까. 중국에 온 걸 환영합니다."

"감사합니다."

"그런데 양 부장님, 이야기는 잘하고 계셨습니까?"

크리스 루가 안절부절못하는 양제츠에게 시선을 돌렸다. 그의 눈빛에 양 부장이 침을 꿀떡 삼켰다.

"아, 미스터 킴이 NEVA와 관련해서 문제가 없는지 물어보셔서 대, 대답하던 중이었습니다."

"그래요? 바쁘신 분이 멀리서 왔는데 사실대로 다 이야기해 드리세요."

"……다 말씀입니까?"

"그럼요. 우리가 뭐 숨길 게 있습니까?"

크리스 루의 눈치를 살핀 양제츠가 조심스럽게 말을 시작했다.

"저…… 영업팀에서 컴플레인이 있었던 건 사실입니다. 그 직원도 본사에 직접 보고하기까지 고민이 많았던 모양입니다."

양제츠가 발음은 어색하지만 완벽한 문장으로 영어를 구사했다.

"그렇겠죠. 충분히 이해합니다. 그런데 그런 문제를 영업팀의 팀장을 통해서가 아니라 직접 본사로 보고하나요?"

"네, 네. 중간에 커트되거나 하는 일이 많아서 직접 올릴 수 있는 시스템을 만들었습니다."

"미스터 킴도 아시겠지만, 영업이라는 게 원래 그렇지 않습니까. 의사에게 처방을 부탁해야 하는 입장이다 보니 고개를 숙여야 하고 그런 기울어진 관계에서 어쩔 수 없이 발생한 일입니다. 다만, 그 정도가 심하고 반복되다 보니 직원이 참다 참다 보고를 한 겁니다."

크리스 루가 대화의 중간에 끼어들었다.

"음, 보고 들어온 게 몇 건이 되나요?"

"그게…… 나비로이를 런칭한 이후로만 그러니까 한 달 동안 네 건입니다."

양제츠의 대답에 크리스 리가 덧붙였다.

"참고로 다른 사업부에서는 전혀 없었습니다. 이상하게도 나비로이 팀에서만 그런 컴플레인이 들어오더군요."

두 사람이 번갈아 이야기하는 통에 유빈의 시선이 한 곳에 머물지 못했다.

하지만 크리스 루의 마지막 말에 유빈의 눈빛이 그에게 고정되었다. 두 사람의 눈빛이 허공에서 부딪쳤다.

그의 말은 다른 사업부에는 문제가 없는데 나비로이 사업부에만 문제가 있다는 말이었다. 돌려 말했지만 결국 NEVA가 문제라는 이야기였다.

상당히 도발적인 언사였지만 유빈은 아무렇지도 않게 넘어갔다.

"그렇군요. 네 건이라면 작은 숫자가 아닌데 아시아 리전 보고에는 왜 아무 문제가 없다고 하셨습니까?"

양제츠가 망설이자 이번에도 크리스 루 사장이 대답을 가로챘다.

"그 부분은 내부적으로 해결할 수 있는 일이라고 생각해서 따로 보고는 안 했습니다. 매니저님이 말씀하신 것처럼 작은 숫자는 아니지만 그렇다고 많은 숫자도 아니어서요."

"NEVA에 대한 의료진의 반응은 매우 중요합니다. 제가 직접 중국에 와서 확인할 정도로요. 앞으로는 루 사장님께서 나비로이에 관한 내용은 아무리 작은 일이라도 사실대로 보고하라고 직원들에게 말씀해 주십시오."

유빈의 부드러운 말투에도 크리스 루의 표정은 무거워졌다. 이번 일은 그냥 넘어가지만, 다음에는 사장인 네가 책임져야 할 거라는 유빈의 완곡한 표현을 바로 알 수 있었다.

그는 유빈이 전형적인 외유내강 스타일이라는 것을 알 수 있었다. 여기서 굳이 선을 넘을 필요가 없다고 생각한 크리스 루가 고개를 끄덕였다.

"……알겠습니다."

"내부적으로 해결할 생각이었다고 하셨는데 대책은 세우셨습니까?"

"이런 경우 영업팀장이 보통 해결을 하지만 그게 안 되는 경우에는 다른 방법도 있습니다."

돌려 말했지만, 영업팀장이 해결한다는 의미는 접대 등으로 기름칠한다는 이야기였다.

유빈의 얼굴이 살짝 굳어졌다.

"다른 방법이라면."

"위생부를 통해 우회적으로 압력을 가할 생각입니다. 이럴 때를 대비해서 다 연결이 되어 있습니다."

위생부라면 한국으로 치면 식약처나 보건복지부 등 병원을 관리하는 부처를 말했다. 너무나 아무렇지도 않게 이야기하는 모습이 공산당이 갑인 중국에서나 가능한 모습이었다.

"두 방법 다 잠깐은 효과가 있겠지만, 근본적인 해결책은 아닌 것 같습니다. 음, 컴플레인을 올린 직원들과 대화를 나눠 보고 싶군요."

"네? 무슨 이야기를 하시려고…….."

크리스 루의 표정이 순간 어두워졌다.

"일단은 이야기를 들어 보는 게 우선인 것 같습니다."

"……알겠습니다. 그런데 두 사람은 상하이 소속입니다만 나머지 두 사람은 옌타이와 우시 소속입니다. 그 두 사람이 상하이 본사로 들어오려면 시간이 조금 필요할 것 같습니다."

"아니요. 그럴 필요는 없습니다. 우선 상하이 소속 직원부터 만나보고 필요하면 나머지 두 사람도 만나보겠습니다."

"네? 번거로우실 텐데…….."

"괜찮습니다. 미스터 리와 함께 다닐 거니까 걱정하지 않으셔도 됩니다."

상하이 본사에서 나온 유빈과 리센위는 크리스 루가 제공해 준 차량으로 중소시루로 향했다.

중소시루는 만나려고 하는 영업 직원의 담당 지역이었다.

무슨 생각을 하는지 유빈이 차 안에서 아무 말 없이 창밖 풍경만 쳐다보자 리센위가 말을 걸었다.

"상하이는 처음이신가요?"

"네, 그런데 이상할 정도로 낯설지 않군요."

"하긴 상하이도 워낙 개발되어서 고층 건물 몇 개를 제외하고는 다른 도시들과 별 차이가 없죠."

"그런 뜻이 아니고 상하이를 가로지르는 황푸강이나 이런 풍경들이 왠지 낯설지가 않아서요."

"네? 혹시……."

"혹시?"

"혹시 매니저님이 전생에 상하이에서 사셨던 건 아닐까요?"

잠시 리센위를 쳐다본 유빈이 물었다.

"리는 전생을 믿나요?"

"그럼요. 저는 불교 신자입니다."

"아, 그렇군요. 그럴지도 모르겠네요. 하하."

멋쩍게 웃으며 유빈은 다시 창밖을 바라봤다.

중국인에게는 '전생'이라는 단어가 의외로 익숙한 개념인 것 같았다.

리센위의 말이 아니었어도 유빈은 네 번째 전생이 점점 다가오는 기분이 들었다. 네 번째 전생은 지금까지의 전생이 보였을 때하고는 어딘가 느낌이 달랐다.

빨리 확인하고 싶은 마음이 들었지만, 조급함만큼 쉽게 모습을 드러내지는 않았다.

"리가 보기에 크리스 루는 어떤 사람입니까? 아까 보니까 별로 좋아하는 것 같지는 않던데요."

이번에는 유빈이 침묵을 깼다.

"알아차리셨습니까?"

"리가 영업할 때도 제네스 차이나 사장이었죠?"

"네, 맞습니다. 제가 영업팀에서 일할 때 몇 번 보지는 못했지만, 싸이클 미팅이나 이럴 때 보면 고개가 굉장히 뻣뻣한 사람이었습니다. 미국에서 왔다고 영어는 얼마나 섞어 쓰는지 영업팀 사람들은 다 재수라고 생각했죠."

유빈도 크리스 루가 중국계 미국인이라는 이야기를 들은 적이 있었다.

상당한 능력자라 미국 본사로 입사해서 아시아 본부 마케팅 책임자를 역임하고 4년 전에 제네스 차이나 사장으로 임명되었다.

폭발적으로 성장하는 중국 시장에 힘입어 차기 아시아 본부 CEO 후보로 이름이 오르내리고 있었다.

"어지 데일이 왔을 때도 감사 결과에 대해서 두말하지 않고 조치를 했습니다. 그래도 자기 부하 직원인데 그렇게 매몰찰 수가 없었습니다. 그런데 아까 잠시나마 매니저님에게 고개를 숙이는 모습이 쌤통이다 싶으면서도 역시 출세하고 볼 일이구나 하는 생각이 들더군요."

"저도 이야기를 들으면서 뭔가 석연찮은 부분이 있었는데 리의 이야기를 들으니까 더 신경이 쓰이는군요. 우선 영업 직원의 말을 들어 보죠. 그러면 더 내용에 대해 더 정확히 알 수 있겠죠."

"알겠습니다."

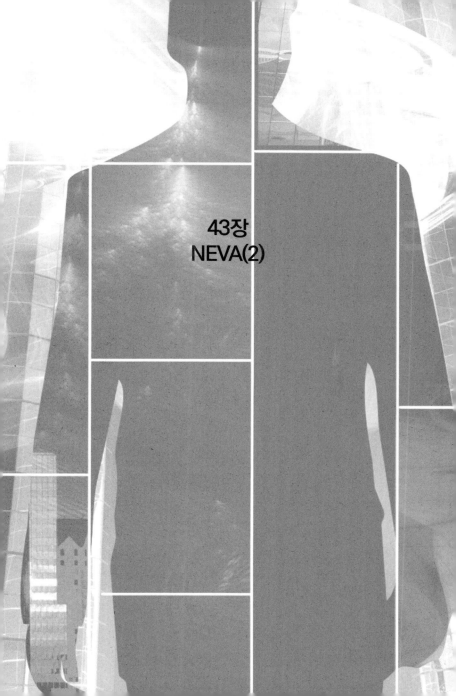

43장
NEVA(2)

"아닙니다. 그런 일이 있기는 했는데…… 잘 해결되었습니다."

중소시루에서 만난 왕 아이핑은 난처한 표정으로 고개를 저었다. 그의 대답에 리센위 역시 같은 표정이 되었다.

"잘 해결되었다고요? 매니저님, 해결되었다는데요. 아, 맞다, 매니저님도 중국어 할 줄 아시죠."

"어떻게 해결이 되었다는 건지 물어봐 주세요."

리센위가 인상을 팍 쓰고 젊은 MR을 노려봤다.

"이봐요. 조금 전에 본사에서 누구를 만나고 온 줄 알아요? 크리스 루 사장님하고 인사부 양제츠 부장님하고 만나고 나오는 길이에요. 그리고 제 옆에 계신 이분으로 말할 것 같으면 아시아 본부의……."

"리, 됐어요. 제가 이야기해 볼게요."

"아, 네."

유빈이 리센위와 자리를 바꾸자 왕 아이핑은 더욱 긴장한 표정이 되었다. 하지만 영어 대신 유창한 중국어가 나오자 그의 표정이 한결 편해졌다.

'왠지 할 수 있을 것 같았는데 정말 되네.'

유빈은 중국어가 가능할 것 같아서 시도해 봤는데 다행히 리센위와 크게 다를 것 없는 발음이 나왔다. 오라로 왕 아이핑을 안심시키며 유빈은 천천히 말을 꺼냈다.

"긴장하지 않아도 됩니다. 몇 가지 질문만 할 테니까 아는 대로 대답만 해주세요. 아직 젊은 것 같은데 입사한 지는 얼마나 되었죠?"

"……이제 1년 조금 넘었습니다."

"어쩐지 처음 보는 얼굴 같더니만. 핏덩이구먼."

왕 아이핑의 대답에 리센위가 다시 얼굴을 들이밀었다.

"리."

"아, 죄송합니다."

"어떤 일 때문에 본사에 보고한 거죠?

"……보고서에 적힌 그대로입니다."

"그러니까 그 내용을 말해 보세요."

"……원장님이 세차를 시켰고 시장에 가서 장을 봐 오라고
했습니다. 그리고 개인 사무실 청소를 시켰습니다. 말을 듣
지 않으면 NEVA 평가에서 최하점을 준다고 했습니다."

유빈은 말하는 내내 왕 아이핑의 오라가 정처 없이 흔들리
는 것을 볼 수 있었다.

하지만 유빈은 어떤 부분에서 거짓말을 하고 있는지는 확
신하지 못했다. 그의 말에는 진실도 섞여 있었다.

"다 해결되었다는 건 무슨 의미죠?"

"그게…… 본사에서 사람이 나온다고 했습니다. 그리고
앞으로 그 원장님은 팀장님이 직접 담당한다고 해서……."

유빈과 리센위가 눈을 마주쳤다.

본사에서 사람이 나온다는 건 접대를 한다는 뜻인데 유빈
이 조금 전 반대한 방법이었다.

"그 원장님에게 우리를 데려다줄 수 있나요?"

"네? 아, 아니요."

왕 아이핑은 당황하는 모습이 역력했다.

"병원까지만 같이 가면 됩니다."

"하, 하지만 본사에서……."

"본사는 걱정하지 마세요. 제가 알아서 찾아간 거로 하겠
습니다."

유빈이 막무가내로 왕 아이핑의 차 뒷좌석으로 들어가자

리센위도 따라서 그 옆에 탔다.

왕 아이핑은 어쩔 줄 모르고 한동안 차 밖에서 서성거렸다.

"리, 병원에 가면서 컴플레인 보고를 올린 나머지 직원의 경력도 파악해 주세요."

리센위는 유빈이 뭔가를 파악했다는 사실을 알았다.

"양제츠 부장님한테 연락할까요?"

"아니요. 그보다는 리가 아는 사람한테 물어보는 게 나을 것 같군요."

"알겠습니다."

"특히, 언제 입사했는지 꼭 확인해 주십시오."

유빈의 말과 동시에 포기한 듯한 왕 아이핑이 운전석에 탔다.

"병원까지만입니다."

"고맙습니다."

유빈의 대답이 끝나기도 전에 차가 거칠게 출발했다.

"따거! 잘 지냈어요? 리예요. 리센위. 벌써 제 목소리도 잊어버리신 거예요? 네. 하하. 지금 상하이에요!"

리센위가 요란하게 전화통화를 했다.

뒷좌석에서 울리는 시끄러운 소리에 왕 아이핑은 인상을

찌푸렸지만, 그럴수록 그는 피니쉬 라인만을 향해 달리는 레이서처럼 액셀을 힘껏 밟았다.

어지간히 유빈과 리센위와 헤어지고 싶은 모양이었다.

하지만 그의 바람과는 달리 상하이의 교통도 서울만큼이나 갑갑했다.

"포스트잇을 많이 붙여 놨네요."

차가 꼼짝도 하지 않자 유빈은 자동차 센터페시아에 덕지덕지 붙어 있는 포스티잇을 보며 말을 걸었다. 얼굴이 붉어진 왕 아이핑이 황급히 포스트잇을 뗐다.

"별거 아닙니다. 챙겨야 할 것하고…… 뭐 그런 겁니다."

둘의 대화가 잠잠해지자 리센위의 통화 목소리가 더욱 시끄럽게 들렸다.

"따거, 궁금한 게 있는데 여쭤 봐도 돼요? 영업팀 직원에 관해서 물어볼 게 있는데요. 상하이 2팀 자오레이라고 알아요? 아? 알아요? 그래요. 고맙습니다! 네, 전화 기다리겠습니다."

"뭐라고 하나요?"

리센위가 전화를 끊자 유빈이 고개를 돌렸다.

"네. 옌타이와 우시의 MR은 이름만 들어봤고 자오레이는 회사 내 축구 동호회 소속이라 알고 있다고 합니다. 회사에 들어온 지 이제 6개월밖에 안 되었다고 하네요. 소속 영업팀에서는 막내랍니다. 나머지 두 명도 알아보고 연락 준다고 하네요."

"그렇군요. 수고했습니다."

유빈은 고개를 끄덕이며 슬쩍 왕 아이핑을 살폈다.

그는 여전히 신호등을 노려보며 색이 바뀌기만을 바라는 모습이었다.

"리, 궁금한 게 있습니다."

"말씀하십시오."

"제네스 차이나에서는 말단 직원이 올린 컴플레인 보고를 본사에서 나서서 적극적으로 해결해 주나요? 이런 일이 있으면 한국에서는 본사에 바로 보고를 올리기보다는 영업 지점장님과 상의하는 게 먼저거든요. 그러다 보니까 본사에 그런 보고가 올라가는 경우도 거의 없고요."

"사실 저도 이상하다고 생각한 부분입니다. 아까 양 부장님이 일반 직원의 의견을 중간 관리자가 커트하지 않게 하려고 시스템을 만들었다고 했는데…… 제가 아는 본사는 그런 귀찮을 일을 일부러 만들어서 할 곳이 아니거든요."

"그러니까 리가 일할 때는 시스템이 없었다는 이야기군요."

"네, 맞습니다. 그리고 그렇게 보고 체계를 무시하고 본사에 직접 뭔가를 올린다면 팀장님은 물론이고 선배들한테 무지하게 혼났을 겁니다."

"몇 년 만에 영업팀 분위기가 민주적으로 바뀌거나 한 건 아니겠죠?"

"설마요. 중국은 공산국가입니다."

"하하. 그렇군요. 아직 모두를 확인한 건 아니지만 우연의 일치인가요? 보고를 올린 사람 둘 다 각 팀의 막내라. 흐음."

"매니저님, 지금 문자 들어왔는데 옌타이의 직원 역시 입사한 지 2년이 안 된 직원이라고 합니다."

리센위가 문자를 확인하곤 말했다. 유빈은 미소를 지은 채 이번엔 왕 아이핑에게 시선을 돌렸다.

"미스터 왕, 못 들은 척하지 않아도 됩니다. 듣고 있는 거 다 알아요. 지금 이야기에 관해서 미스터 왕은 어떻게 생각합니까?"

유빈의 시선이 백미러를 흘깃흘깃 살피는 왕 아이핑의 눈과 마주쳤다.

"그, 글쎄요. 본사에서 하는 일은 잘 모르겠습니다⋯⋯."

"제가 보기에는 잘 알 것 같은데요."

유빈의 날카로운 눈빛에 왕 아이핑은 시선을 앞에만 둔 채 운전에 집중하는 척했다.

유빈은 그 말을 끝으로 조용히 눈을 감았다.

리센위도 유빈이 뭔가를 생각하는 듯하자 입을 다물었다.

왕 아이핑에게는 억겁으로 느껴졌을 긴 침묵의 시간이 지나자 드디어 차가 목적지에 도착했다.

주차를 하고 세 사람이 차에서 내렸다.

"류중양양의의원?"

"아는 곳입니까?"

"대학병원만큼은 아니지만, 상하이에서 상당한 규모에 속하는 대형병원입니다."

"비뇨기과 원장님만 세 명인데 남자는 한 명밖에 없어서 찾기가 어렵지는 않을 겁니다. 그럼, 저는 그럼 이만 가 보겠습니다."

급하게 운전석 문을 여는 왕 아이핑의 등 뒤로 유빈의 차분한 목소리가 들렸다.

"미스터 왕. 말리지는 않겠습니다. 하지만 여기서 이대로 돌아가면 분명히 후회하게 될 겁니다. 영업 일을 계속할 생각이 있으면 의사를 피하지 마십시오. 한 번 피하기 시작하면 계속 피하게 될 겁니다. 그리고 그 습관이 몸에 배면 어느 순간부터 영업을 못 하게 될 겁니다."

"……"

"아까 포스트잇에 대도무문(大道無門)이라는 문구를 적어 놨더군요. '정도를 걸으면 거칠 것이 없다.' 맞죠?"

"……네."

"미스터 왕의 속마음을 보여 주는 것 같군요. 안 그런가요?"

"……."

"MR은 정정당당하게 MR의 일을 하면 됩니다. 할 말은 하고 무리한 요구는 거절하면 되고요. 거절을 두려워하지 마세요."

왕 아이핑이 천천히 뒤돌아섰다.

뭔가를 말하고 싶어 보였지만 망설이는 모습이 역력했다. 유빈이 따뜻한 오라를 보내며 이야기해도 된다는 듯이 고개를 끄덕였다.

"……입사하자마자 맡은 병원인데, 중소시루에서 가장 큰 병원이고 처방도 많이 나와서 공을 들였습니다. 비뇨기과는 나비로이가 출시되면서 처음 들어갔습니다. 그런데 비뇨기과 쑨더장 원장님이 워낙…… 까다로운 분이라 계속 스트레스를 받았습니다. NEVA까지 도입되자 원장님이 더 까다로워지셔서……."

"다른 여자 원장님은요?"

"두 분은 쑨 원장님이 아예 못 만나게 합니다."

"그래서 컴플레인 보고를 올린 건가요?"

"그건……."

왕 아이핑은 시원하게 말을 못 하고 한숨만 내쉬었다.

"좋습니다. 그런데 원장님의 태도 변화가 NEVA 때문입니까? 아니면 리베이트를 안 줘서 그렇습니까?"

"잘 모르겠습니다……."

"아니요. 미스터 왕은 잘 알고 있습니다. 담당자라면 당연히 알아야 하는 일입니다."

"……리베이트 때문입니다."

머뭇거리며 답하는 그에게 유빈은 조금 더 자세한 대답을 기다렸다.

"다른 진료과에서는, 그러니까 예를 들어 산부인과에서는 엔젤로 한 개를 시술할 때마다 50위안을 줬습니다. 그런데 나비로이는 리베이트가 없다고 하니까……."

유빈이 리센위를 쳐다봤다.

그도 어쩔 수 없다는 듯이 고개를 으쓱거렸다.

중국은 환경적으로 땅은 넓은 데 비해 영업사원 수와 지점망은 이를 뒷받침하지 못해 유통 마진율이 한국의 2배에 달했다. 그렇기 때문에 리베이트를 붙여 넣기가 더 수월했다.

유빈이 잠시 생각에 잠겼다.

NEVA를 적용하기에 중국 시장은 아직 무리일지도 몰랐다.

'아니야. 여기서 물러설 수는 없어.'

"모든 제품에 다 리베이트를 주나요?"

"아닙니다. 오리지널의 특허가 끝나서 제네릭 간의 경쟁이 심한 경우에 특히 그렇고 나비로이처럼 경쟁약이 없는 경우에는 그렇지 않습니다."

"그럼 쑨더장 원장처럼 불만이 있는 사람을 해결하면 전체적으로 큰 문제는 없겠군요."

"하지만 회사에서 사람이 나온다고……."

"접대는 안 됩니다. 만약 컴플레인을 해서 접대를 받았다는 소문이 돌게 되면 그때는 걷잡을 수 없을 겁니다. NEVA는 그걸로 끝입니다."

리센위는 머릿속에 유빈이 말한 상황이 떠오르자 마른침을 삼켰다.

한 번 소문이 돌면 상당수의 의사가 똑같이 컴플레인을 할 것이고 그렇게 될 때마다 접대로 무마한다면 모든 게 물거품이 된다.

왕 아이핑의 안색이 어두워졌다.

"설마……."

"설마? 떠오른 거라도 있나요?"

"아, 아닙니다."

"매니저님, 이제 어떻게 하시려고요?"

"영업해야죠."

"영업이요?"

"자, 갑시다. 미스터 왕도 같이요."

"네? 네, 네."

리센위도, 왕 아이핑도 유빈의 기운에 이끌려 병원으로 걸음을 옮겼다.

대기 환자가 몇 명 있기는 했지만, 유빈 일행은 한 시간을 넘게 기다리고 결국 진료 시간이 끝나서야 쑨 원장을 만날 수 있었다.

"한동안 안 오더니 이제는 사람 숫자로 밀어붙이는 건가? 바쁘니까 용건만 간단히 하게."

쑨 원장의 냉랭한 말투에 왕 아이핑은 그와 눈조차 제대로 마주치지 못했다.

50대 중반 정도로 보이는 수더분한 아저씨 인상의 쑨 원장은 못마땅한 표정으로 안 그래도 좁은 진료실을 가득 채운 세 사람을 쳐다봤다.

진료실을 순식간에 둘러본 유빈이 오라를 퍼뜨리며 말문을 열었다.

"원장님, 저는 아시아 본부에서 온 유빈 킴이라고 합니다. 이쪽은 제 팀원인 리센위입니다."

"아시아 본부요?"

"네, 아시아 지역의 나비로이를 총괄 책임지고 있습니다. 어제 제네스 아시아 본부가 있는 싱가포르에서 왔습니다."

유빈이 생각보다 거물인 덕분일까. 일단 대화가 끊기는 것은 막을 수 있었다.

"나비로이가 잘 처방되고 있는지 확인하기 위해 각 나라를 방문하고 있는데 상하이 본사에서 미스터 왕에게 안내를 맡겼습니다."

"그래요?"

"네, 미스터 왕은 비록 경력이 얼마 되지는 않지만, 회사에서 장래가 촉망받는 직원입니다. 그리고 미스터 왕이 추천한 원장님이 류중양양의의원의 쑨 원장님이어서 이렇게 찾아뵈었습니다."

왕 아이핑의 눈가가 살짝 떨렸다.

쑨 원장은 의심스러운 눈초리로 유빈과 왕 아이핑을 번갈아 쳐다봤다.

"왜 날 추천했을까요?"

"MR에게는 엄하지만, 환자들에게는 명의로 소문이 나 있고 지역 의사회에서도 중요한 책무를 맡고 계시다고 들었습니다."

유빈은 대기실에서 환자들에게 쑨 원장에 관해 물어본 내용과 진료실 뒤쪽에 있는 책장선반 위에 놓인 '비뇨기과의사회 상하이지부 총무이사 감사패'를 보면서 조심스럽게 아이스 브레이킹을 하고 있었다.

선반 위에는 감사패 외에도 자원봉사 가서 찍은 사진, 학회에서 발표하는 사진 등이 놓여 있었다.

리센위는 표현은 하지 못했지만 속으로는 어안이 벙벙했다. 왕 아이핑이 언제 그런 이야기를 했단 말인가.

하지만 유빈이 워낙 자연스럽게 말하는 바람에 자기도 들은 사람처럼 고개를 끄덕였다.

"크흠…… 그런 말을 했나?"

왕 아이핑을 쳐다보는 쑨 원장의 눈빛이 살짝 부드러워졌다.

"원장님, 나비로이는 처방해 보시니 어떠신가요? 효능과 환자분들의 순응도는 괜찮은가요?"

"나비로이요? 아직 처방 건수가 많지는 않아서……."

"아, 그러신가요? 특별히 이유가 있으신가요?"

"그게 아직 신약이고 해서 손이 잘 안 가네요."

쑨 원장의 대답에 유빈은 나비로이와 NEVA를 연결해 부드럽게 디테일을 했다.

물 흐르듯이 상대방이 거부감이 들지 않는 선에서 할 말을 하는 유빈의 모습에 왕 아이핑은 눈을 떼지 못했다.

금방 쫓겨날 것 같던 일행은 벌써 20분째 진료실에 머무르고 있었다.

"아쉽군요. 이번에 나비로이를 런칭하면서 제네스에서 준비한 게 많이 있습니다. 지금까지는 해외 학회 참석 지원을 대학병원 교수님 위주로 진행했습니다."

"그랬죠."

"하지만 올해는 나비로이 런칭과 함께 NEVA를 운영하면서 의사 선생님들의 도움에 감사하는 의미로 AUA와 EUA에 개원가 원장님들의 참석도 지원하기로 했습니다. 모든 원장님을 보내 드리면 좋지만, 현실적으로 힘들어서 나비로이를 일정량 이상 처방해 주신 원장님 중 NEVA 평가를 성실하게 도와주신 원장님을 보내 드릴 계획입니다."

"AUA와 EUA요? 정말입니까?"

AUA(America Urological Association, 미국비뇨기과학회)와 EUA(European Urological Association, 유럽비뇨기과 학회)는 비뇨기과학회의 양대 산맥이었다.

"네, 올해 평가를 확인하고 내년도에 보내 드릴 계획입니다."

"그런데 제네스 담당자는 그런 이야기를 왜 안 했죠?"

"올해 런칭이 끝나면 발표하려고 했습니다. 경쟁이 과열될 수도 있다고 생각해서 내린 판단이었습니다. 원장님 같은 훌륭한 분이 학회에 참석하시면 좋을 것 같은데 처방이 잘 안 되는 것 같아서 아쉬움에 귀띔해 드리는 겁니다."

결국 유빈은 처방을 열심히 해보겠다는 말까지 듣고서야 자리에서 일어났다.

확실한 클로우징이었다.

게다가 쑨 원장은 왕 아이핑에게 앞으로 자주 찾아오라는 말까지 했다.

"매니저님, 정말 그런 계획이 있습니까?"

진료실에서 나온 리센위는 처음 들어 보는 내용이라는 표정이었다.

"제네스 차이나에서만 시행할 생각입니다. 리베이트 문제가 생각보다 심각해서 보상이 있지 않으면 NEVA의 정착이 쉽지 않을 것 같습니다."

유빈은 쑨 원장과 이야기하면서 그가 단순히 리베이트를 받지 못해서 화가 난 게 아님을 알아챘다.

그는 비뇨기과가 다른 과와 차별당하는 것에 분노한 것이었다. 안 그래도 병원 안에서 주요 진료과에 비해 비뇨기과는 우선순위가 아니었다.

그런 상황에서 왕 아이핑이 NEVA의 취지를 제대로 설명 못 하고 리베이트는 불가하다는 말만 했기 때문에 일이 커진 것이었다.

다른 병원에서도 같은 일이 벌어지지 않을 거라고 장담할 수 없었다.

리베이트를 완전히 상쇄할 수는 없지만, 다른 진료과와 비교해 상실감이 없도록 보상 제도를 만들 필요가 있었다.

"미스터 왕, 이 정도면 잘 해결되었죠? 원장님께서 처방한다고 하시니까 앞으로 자주 찾아가세요."

"……죄송합니다."

왕 아이핑은 진료실에서 나온 이후로 고개를 똑바로 들지 못했다.

"뭐가 말입니까?"

"……사실 본사에 올린 컴플레인 보고는 제가 지어낸 겁니다."

"뭐라고요!"

리센위가 황당한 표정으로 큰 소리를 냈지만 유빈이 제지했다.

"그런 것 같더군요. 대기 환자들 그리고 원장님하고 대화를 나눠 보니 그럴 분이 아니라는 건 알았습니다. 어떻게 된 건지 설명해 줄 수 있겠어요?"

"……류중양양의의원은 제 거래처 중에서도 상당히 큰 편이고 비뇨기과 원장님도 세 명이나 계셔서 나비로이가 런칭되고 기대를 많이 했습니다. 저도 처음에는 열의가 넘쳤고요."

유빈의 따뜻한 목소리에 왕 아이핑이 천천히 고개를 들었다.

"그런데 제 기대와는 달리 비뇨기과 쑨 원장님은 처음 디테일할 때부터 나비로이와 저를 그다지 마음에 들어 하지 않는다는 느낌을 받았습니다. 결정적으로 나비로이에 한해서는 NEVA라는 새로운 평가 방법을 도입했기 때문에 리베이트를 드릴 수 없다고 하자 저를 막 혼내셨습니다."

"음, NEVA의 취지에 대해 잘 말씀드렸나요?"

"……생각해 보니까 제대로 설명을 못 한 것 같습니다. 그냥 리베이트는 없다는 식으로 말한 부분이 쏜 원장님의 기분을 건드렸던 것 같습니다. 아무튼, 그 이후로는 찾아가도 잘 만나 주지도 않으시고, 복도에서 기다렸다 어렵게 말을 걸면 너는 기본이 안 되어 있다고 화를 내셨습니다."

"스트레스를 많이 받았겠군요."

"본사에서 워낙 나비로이 매출을 강조해서 팀장님의 푸쉬를 많이 받았습니다. 그러다 보니 류중양양의의원 때문에 거래처 분석을 할 때마다 깨졌습니다. 그래서 팀장님한테 몇 번이고 쏜 원장님 말씀을 드렸지만……."

"더 혼났겠죠. 영업사원이 의사 한 명도 설득 못 해서 되겠냐고."

"네…… 그대로입니다. 아무튼, 그렇게 손을 놓다시피 한 상태로 한 달이 지나갔는데 어느 날 본사에서 들어오라는 연락을 받았습니다."

"음."

'본사'라는 단어에 유빈과 리센위의 눈빛이 마주쳤다.

"본사에 들어갔는데 팀 전체가 아니라 저만 호출된 것이었습니다. 영문을 모르고 있는데 사람 한 명이 와서 인사부로 데리고 가더군요. 그곳에……."

잘 이야기하던 왕 아이핑이 말을 멈추고 마른침을 삼켰다.

자신이 한 일이 후회되었고 바로잡고 싶은 마음은 있었지만, 여기서 더 나가면 돌이킬 수 없었다.

왕 아이핑이 망설이는 기색을 보이자 유빈이 나직하게 문구를 읊었다.

"대도무문 천자유로 투득차관 건곤독보(大道無門 千差有路 透得此關 乾坤獨步)."

어딘지 모르게 영험한 느낌이 물씬 풍겼다.

왕 아이핑은 뜻을 물을 수밖에 없었다.

"대도무문?"

"대도무문의 원 문구는 선종(禪宗) 불교에서 나온 말입니다. 뜻을 풀이하면 이렇습니다. '큰 길에는 문이 없다. 그렇지만 길은 또한 어디에나 있다. 이 관문을 뚫고 나가면 온 천하를 당당히 걸으리라.'"

"전 그저 이연걸이 주연으로 나왔던 영화 부제로 알고 있었는데……."

"아, 방세옥 투!"

리센위가 자기도 봤다며 아는 척을 했다.

"한국에서는 전 대통령이 즐겨 쓰던 문구로 유명하죠. 하지만 본뜻은 도를 닦는 것은 딱히 지름길이 없는 고된 수행이라는 말입니다."

"그렇군요……."

"미스터 왕, 솔직히 말할게요. 여기서 아는 바를 다 털어놓으면 나중에 본사에서 불이익을 당할 수도 있습니다. 최악의 경우에는 해고도 당할 수 있겠죠."

"네…… 저도 그럴 수도 있을 거로 생각했습니다."

"하지만 당당해지기 위해서는 지름길이 없습니다. 불이익을 감수하고서라도 당당해지고 싶으면 남자답게 결단을 내리십시오. 제가 미스터 왕이 피해를 보지 않도록 최대한 돕겠습니다."

유빈의 말에 왕 아이핑의 눈빛이 단단해졌다.

보고를 올린 후로 계속 후회하고 있던 참이었다.

다시 그런 일이 생기면 절대로 타협하지 않을 것이라고 생각하고 있던 그에게 유빈이 나타난 것이었다.

또다시 그런 실수를 할 수는 없었다.

"아닙니다. 이미 도움은 많이 주셨습니다. 잠깐이나마 망설였던 제가 수치스럽습니다. 인사부 회의실에 있었던 사람은 크리스 루 사장님과 양제츠 인사부장님이었습니다."

"역시 그렇군요. 결단을 내려줘서 고맙습니다."

"아직 젊으니까 해고되면 다른 회사에 취직하면 되죠. 하하. 그런데 매니저님은 알고 계셨나요? 별로 놀라시는 것 같지 않아서……."

"예상은 했습니다."

"예상하셨다고요?"

정확하게 말하면 유빈은 모든 게 크리스 루의 작품일 거로 생각했다.

상하이 본사에서 그가 보였던 태도.

예의에 아주 어긋나지는 않았지만, 유빈을 마음에 들어 하지 않고 가르치려 드는 태도로 일관했다.

리센위로부터 크리스 루에 대해 들은 유빈은 그가 NEVA에 반감을 가질 만한 사람이라는 것을 알았다. 그는 마크 램버트와 마찬가지로 효율을 중시하는 스타일이었다.

게다가 승진에 대한 욕구도 강해서 매출이 떨어지는 걸 용납하지 않았다.

그런 크리스 루에게 실적을 평가하지 않는 NEVA가 마음에 들 리 없었다. 더해서 그것을 기획한 유빈의 활약상이 계속 들려오자 NEVA를 망치기로 작정한 것 같았다.

여기까지는 유빈의 심증이었지만 왕 아이핑의 이야기로 확실해졌다.

"두 사람이 뭐라고 하던가요?"

"사장님은 뒤에서 지켜보기만 했습니다. 주로 인사부장님이 이야기했습니다. 류중양양의의원의 쑨 원장 때문에 고충이 많다는 것을 알고 있다. 팀장에게 들었다. 그리고 문제를 해결해 주겠다고 했습니다."

"회의실에 미스터 왕 말고 다른 직원도 있었나요?"

"아니요. 두 사람을 제외하고는 저밖에 없었습니다. 다만, 제가 나갈 때 뒤를 돌아보니 다른 사람이 들어가고 있었습니다."

"얼굴은 못 봤고요?"

"네."

"그래서 미스터 왕은 뭐라고 했습니까?"

"전 무슨 상황인지 잘 몰라서 아무 말도 못 하고 있었습니다. 게다가 사장님이 눈앞에 있고 양 부장님도 있고…… 정신이 없었습니다. 아무튼, 양 부장님이 모든 문제가 NEVA 때문이라고 하셨습니다."

왕 아이핑은 그날의 일을 떠올리는 듯 고개를 절레절레 흔들었다.

그러다 비장한 표정으로 다시 입을 열었다.

"NEVA 때문에 여기저기서 말이 많다면서 저한테 컴플레인 보고를 올리라고 했습니다. 그러면서 문장까지 일일이 써

주셨습니다. 제가 그런 일은 없었다고 하자 이 정도는 써야 본사에서도 나설 수 있다면서 저를 설득했습니다…… 제가 망설이는 모습을 보이자 크리스 루 사장이 슬쩍 이야기하더 군요."

"그가 뭐라고 했습니까?"

"NEVA는 의사뿐만 아니라 회사에서 평가하는 항목도 비중이 크다고 했습니다. 그러면서 감사로 해고당한 영업사원을 들먹였습니다. '감사가 또 나왔을 때 NEVA 평가가 최하점이면 해고 대상 1순위도 될 수 있겠네요'라고 지나가듯이 말했습니다. 부끄럽지만 보고서를 올릴 수밖에 없었습니다."

유빈의 무표정과는 달리 리센위의 얼굴은 순식간에 굳어졌다.

그놈들이 무슨 의도로 일을 벌였는지 명확해졌다.

조작한 컴플레인 보고를 해결하기 위해 해당 의사들을 접대하고 그 소문을 의사들 사이에 슬쩍 흘린다. 컴플레인 보고 네 건을 수십 건으로 늘릴 수 있는 가장 효과적인 방법이었다. 이건 NEVA 자체를 무력화하기 위한 의도였다.

크리스 루의 의도를 파악해 대책을 생각하고 있는 유빈과 달리 리센위는 바로 불을 뿜었다.

"이건 반역, 아니, 쿠데타 아닙니까? 아시아 본부에서 결정한 일을 일부러 망치려고…… 우와. 크리스 루, 이 자식 내가 개자식인 건 이미 알았지만, 직원까지 협박하면서……."

"저도 단순한 컴플레인 보고로 문제를 어떻게 해결할 건지 궁금했는데 아까 매니저님이 접대 이야기를 하시는 걸 듣고 소름이 돋았습니다. 그 둘이서 슬쩍 하는 이야기를 엿들었거든요. 정확하지는 않지만 '접대'라는 단어가 분명히 들렸습니다."

리센위는 분을 참지 못하면서 당장에라도 상하이 본사로 쳐들어갈 분위기였다.

"매니저님, 이대로 있을 수는 없습니다! 지금 당장 상하이 본사로 가시죠!"

"아니요. 우선 컴플레인 보고를 올린 나머지 세 명부터 만나 봐야 합니다. 그쪽 일부터 해결하고 들어가죠."

"저도 같이 가겠습니다. 제가 가면 그 사람들을 설득하는 데 도움이 될 겁니다."

"괜찮겠어요?"

유빈이 웃으며 물었다.

왕 아이핑의 말대로 그가 같이 간다면 문제 해결이 수월할 수 있었다.

"물론입니다! 매니저님이 아니었으면 저는 평생 후회할 기억을 만들었을 겁니다. 저도 돕고 싶습니다."

"으휴. 매니저님은 부처님이라고 해도 믿겠습니다. 이 상황에 어떻게 그렇게 침착하십니까."

유빈 역시 화가 치밀었지만, 호흡으로 가라앉혔다.

"저도 NEVA를 위해 참고 있는 겁니다."

"네? NEVA요?"

"제 예상이 틀리지 않는다면 곧 제네스 차이나에 폭풍이 몰려올 겁니다."

리센위는 유빈의 말을 이해하지 못하고 두 눈만 깜박거렸고 왕 아이핑은 핸드폰으로 날씨를 확인했다.

그는 심각한 표정의 유빈 앞에서 차마 이번 주 내내 맑다는 말은 하지 못했다.

"가죠. 지금 할 수 있는 일부터 합시다."

곧바로 상하이 2팀의 자오레이를 만난 일행은 그를 설득해 해당 원장을 만났다. 역시 왕 아이핑의 역할이 컸다.

쑨 원장과 마찬가지로 성과를 낸 유빈과 일행은 기세를 몰아 상하이에서 차로 세 시간이 걸리는 우시로 향했다.

크리스 루 사장은 못마땅한 표정으로 양제츠 부장의 보고를 받았다. 이틀간 행방이 묘연했던 유빈으로부터 연락이 온 것이었다.

"사장님, 지금 상하이 공항에 도착했다고 합니다. 곧 회사로 들어온다고 합니다."

"진짜로 옌타이까지 갔다 온 건가?"

"네, 옌타이 지점에 확인해 봤습니다."

"거기까지 다녀올 줄이야…… NEVA를 기획했다기에 책상머리에서 펜대나 굴리는 녀석인 줄 알았는데."

"그리고…… 컴플레인 보고를 올린 영업팀 직원들이 보고를 취소하고 싶다고 인사부로 연락이……."

"하, 이것들이 장난하나. 본사에 하는 보고가 장난인 줄 알아? 자기들이 원하지 않으면 내릴 수 있다고 생각하는 게 웃기는군. 몇 명한테 연락이 온 거야?"

"……전부 다입니다. 네 명 모두 병원하고 문제가 잘 해결되었다고 했습니다."

"뭐? 병원과의 문제가 해결되었다고?"

크리스 루는 설마 유빈이 이틀이라는 짧은 시간 안에 뭔가를 했다고는 생각이 들지 않았다.

유빈이 바보가 아닌 이상 컴플레인 보고가 NEVA에 악영향을 미칠 거라는 걸 모를 수는 없었다.

하지만 직원들을 설득해서 보고를 취소시키는 것과 병원 원장과의 문제를 해결하는 건 차원이 다른 일이었다.

뭐가 어떻게 된 건지 알 수 없는 노릇이었다.

"미스터 킴이 보고를 문제 삼으면 어떻게 하죠?"

"뭘 어떻게 해. 뭣도 모르는 핏덩이들에게 뒤집어씌워야지. 우리가 올린 것도 아니고 그 친구들 이름으로 보고서가 올라온 거 아니야."

"하지만 그건……."

"양 부장은 그저 모르쇠로 일관하면 돼. 알았지?"

"……알겠습니다."

몇 시간 뒤 유빈이 처음 상하이에 온 날처럼 네 사람은 마주 앉아 있었다.

단지, 장소가 인사부 회의실이 아니라 크리스 루의 집무실이라는 것만 달랐다.

"어떻게 성과는 있으셨습니까?"

크리스 루가 능글능글한 표정으로 물었다.

순간 리센위의 관자놀이에 핏대가 섰지만, 유빈의 대답이 빨랐다.

"네. 이야기가 잘되어서 직원들이 컴플레인 보고를 취소하겠다고 말하더군요. 본사에 연락한다고 했는데 받으셨죠?"

"아, 양 부장님?"

크리스 루는 처음 듣는 이야기라는 듯 양 부장에게 대답을 양보했다.

"저는…… 아직 보고를 못 받았는데 알아보겠습니다."

"아직 부장님이 보고를 못 받은 모양이군요. 이따가 저와 함께 인사부에 가서 확인해 보죠. 직원이 취소를 원하면 그렇게 해줘야죠. 안 그렇습니까?"

"그게…… 그렇지만……."

"미스터 킴. 너무하시는 거 아닙니까? 여기는 중국이지 싱가포르가 아닙니다."

선을 그을 필요가 있다고 생각했는지 능글능글하게 웃고 있던 크리스 루의 표정이 딱딱해졌다.

하지만 유빈은 호락호락하지 않았다.

"이곳이 중국은 맞지만, 아시아에서 NEVA와 관련된 일은 전부 제가 책임지고 있습니다. 책임이 있으면 권한도 있죠."

"크흠……."

"그리고 크리스 루 사장님은 컴플레인 보고가 없어지면 더 좋은 거 아닙니까? 문제를 해결해 줬는데도 고맙다는 말은 커녕 인상을 쓰시는군요."

인상을 썼다가 본전도 못 찾은 크리스 루가 한 걸음 물러났다. 유빈이 감정을 드러내지 않으니 어디까지 알고 있는지 알 수가 없었다.

"……그 부분은 감사합니다. 저희가 할 일인데 대신 해결해 주셨군요. 그런데 병원하고는 어떤 방법으로 말씀을 나누신 건지 알 수 있을까요?"

"NEVA와 나비로이의 디테일을 했습니다."

"네?"

유빈의 대답에 크리스 루는 자신의 귀를 의심했다.

지금 아시아 본부에서 온 매니저가 의사에게 영업했다는 이야기를 유빈은 아무렇지도 않게 하고 있었다.

"그리고 제네스 차이나에서는 특별히 NEVA를 성실히 평가해 주시는 의료진에게 보상을 주기로 했습니다."

"보상이요?"

"대학병원 교수뿐만 아니라 개원가 원장에게도 공정경쟁규약 안에서 해외 학회 참석 지원을 해줄 생각입니다."

"그런 건 저희 쪽 하고 상의를 하시고 결정하셔야 하지 않을까요?"

"걱정하지 마십시오. 보상과 관련한 예산은 아시아 본부 예산으로 해결하겠습니다. 그럼 문제없으시겠죠?"

"뭐, 그렇다면야……."

"지금도 반응이 이상하군요. 중국에서만 특별히 NEVA에 보상 프로그램을 도입하겠다는데, 그것도 아시아 본부의 예산으로 말이죠. 좋은 일인데 루 사장님의 표정은 떨떠름하기만 하군요. NEVA가 잘 안 되시길 바랍니까?"

유빈의 갑작스러운 돌직구에 당황한 기색이 역력한 크리

스 루가 손을 내저었다. 가능하면 발도 내저을 기세였다.

"아, 아닙니다. 무슨 그런 말씀을. 저, 저도 NEVA가 잘되기를 바랍니다."

"그렇죠? 제가 오해한 거겠죠?"

"그, 그렇습니다."

"그리고 한 가지 더. 드릴 말씀이 있습니다."

"크흠, 말씀하시죠."

"루 사장님은 중국의 현재 시장 상황에 대한 해결책이 있습니까?"

"현재 시장 상황이요? 미스터 킴이 무슨 의미로 질문하는지 잘 모르겠군요."

"제가 알기로 작년과 재작년에 MBG를 비롯한 다국적 제약회사가 중국 당국으로부터 대대적인 리베이트 조사를 받았죠."

"아, 그 이야기였습니까?"

크리스 루는 한결 여유를 되찾았다. 유빈이 주제를 바꿔서 다행인 모양이었다.

"별로 큰 문제가 아닌 것처럼 말씀하시네요."

"그건 미스터 킴이 중국 시장을 잘 몰라서 그러는 겁니다."

"뉴욕 본사에서도 리베이트 금지 정책을 하달한 거로 알고 있습니다."

"지침을 내리기는 했지만, 본사 임원이 직접 중국에 와서 시장 상황을 확인하면 다들 별말 없이 돌아갔습니다. 어쩔 수 없다는 걸 알기 때문입니다."

"지금 말씀은 리베이트에 관해서는 다른 어떤 계획이나 대비책도 없다는 거로 들리는군요."

"하아, 정말 이해를 못 하는군요. 중국 시장은 다른 선진국처럼 완성되지 않았습니다. 하지만 엄청난 성장 가도를 구가하고 있죠. 단일 시장으로는 얼마 안 있어 미국에 이어 두 번째로 큰 시장이 될 겁니다."

크리스 루는 입이 마르는지 김이 오르는 차를 벌컥 마셨다.

"지금은 어떤 수를 써서라도 매출을 늘려 놔야 하는 시점입니다. 이것이 미스터 램버트가 저를 제네스 차이나 대표로 임명한 이유입니다. 하긴 미스터 킴은 한 나라를 맡아 본 적이 없어서 모를 수도 있습니다. 이해합니다."

두 사람 사이에 무거운 공기가 자리 잡자 리센위와 양제츠는 긴장된 표정으로 대화를 주시했다.

특히 양제츠 부장의 표정이 애매했다.

"저는 오히려 루 사장님을 이해 못 하겠는데요. 앞으로 벌어질 상황이 뻔히 보이는데 그렇게 낙관하는 게 이해가 안 되는군요. 아, 혹시 '나만 아니면 돼'라는 러시안룰렛 마인드입니까? 그렇게 생각하면 이해가 되는군요."

"무슨 말이죠?"

비꼬는 듯한 유빈의 말투에 크리스 루의 눈매가 날카로워졌다.

"질문을 바꿔 보죠. 루 사장님이 다른 지사로 발령이 난다면 제네스 차이나 직원들은 어떤 대표이사로 평가할까요?"

"글쎄요. 그런 생각을 해본 적이 없어서 잘 모르겠군요."

"그런 생각을 해본 적이 없다…… 양 부장님은 어떻게 생각하십니까?"

"네? 저, 저는……."

갑자기 저격을 당한 양제츠가 크게 당황하며 눈을 깜박거렸다.

유빈은 자신의 질문에 자신이 대답했다.

"아마도 아무런 평가도 안 할 겁니다. 그저 가 줘서 고맙다는 생각만 하겠죠."

"……뭐요?"

"대표이사란 사람이 자신이 맡은 지사를 출세를 위한 발판으로만 생각하는데 직원들에게 좋은 평가를 기대하면 안 되죠. 어떤 평가를 받을지 생각하지 않는다는 사실이 제네스 차이나를 수단으로만 여기기 때문이라는 반증이죠. 아닙니까?"

"듣자 하니 말이 너무 심하군요. 내가 왜 이런 이야기를 듣고 있어야 하는지 모르겠습니다. 미스터 나라옌에게 정식으로 항의하겠습니다!"

"아니면 아니라고 말해 보십시오! 지금 중국 시장에서 벌어지는 리베이트에 대해 어떤 대책도 없이 최대한 매출을 늘려야 한다고 말씀하시지 않았습니까. 그게 마치 당연한 것처럼요."

유빈의 목소리도 조금씩 커졌다.

유빈이 이렇게 목소리를 높이는 모습은 리센위로서는 처음 보는 광경이었다. 그만큼 그가 분노하고 있다는 사실을 느낄 수 있었다.

양제츠 역시 드러내지는 않았지만 유빈의 이야기에 안절부절못하면서도 어딘가 시원해하는 표정이었다.

"저도 나름대로 비전이 있습니다. 잘 알지도 못하면서 함부로……."

"자기 직원들이 해고당하는데 본사에 아무런 말도 하지 않았습니다. 심지어 자기 목적을 위해 이제 막 회사에 들어와 열심히 일하려는 젊은 직원에게 거짓말로 보고하게 하였습니다. 여기에 어떤 비전이 있는 줄 모르겠군요."

"……."

나오던 말이 목에 걸렸는지 크리스 루는 애꿎은 목을 계속 어루만졌다.

"나라엔 CEO에게 보고하겠다고요? 네. 하십시오. 저도 EBP 부서에 중국에서 무슨 일이 있었는지 낱낱이 보고하겠습니다."

"아니, 무슨 오해가 있으신 모양인데…… 컴플레인 보고는 직원들이……."

기세에 눌린 크리스 루의 목소리가 잦아들었다.

"직원들도 만나고 해당 원장님도 모두 만났습니다. 보고 내용은 전부 사실이 아니더군요. NEVA가 그렇게 싫었으면 처음에 나라별로 조율할 때 의견을 내지 그러셨습니까?"

"제가 언제 NEVA가 싫다고……."

그는 끝까지 발뺌했지만. 유빈은 들은 척도 하지 않았다.

"NEVA를 기획할 때, 첫 번째 목적은 의사와 MR의 관계를 새로 정립하는 것이었습니다. MR이 실적에 얽매이지 않고 당당하게 약품을 디테일하는 것. 그리고 그것은 궁극적으로 리베이트라는 의사와 MR 사이에 존재하는 구시대의 고리를 끊을 수 있다고 생각했습니다. 이게 제 비전입니다. 다시 묻죠. 미스터 루의 비전은 무엇입니까?"

"……."

"제가 중국에 와서 사장님을 만나고 처음 든 생각이 뭔 줄 아십니까? 위생부 관리와의 관계. 그리고 접대에 대해서 아무렇지도 않게 말한다는 것이었습니다. 이것이 첫 번째 신호

였습니다."

"……무슨 신호 말입니까?"

"두 번째 신호는 병원에서 확인할 수 있었습니다. 의사들의 제네스에 대한 시선이 곱지 않더군요. 감사로 영업사원을 대거 해고한 일을 언급하더군요. 그전까지는 제네스가 중국에서 양질의 일자리도 많이 늘리고 자원봉사와 기부활동도 꾸준히 해서 이미지가 좋았는데 언젠가부터 다른 다국적 회사와 차이 없이 실적에만 목을 맨다고 했습니다."

"몇 명에게 들은 이야기를 가지고 너무 일반화하는 건 아닌가요?"

크리스 루는 제네스 차이나에 부임하고 난 이후, 실적에 별 도움되지 않는다며 몇 가지 사회활동을 없애버렸다.

하지만 지금 유빈의 이야기에도 그는 자신의 선택이 옳다고 생각했다. 자신의 방식은 현재 제네스 CEO인 마크 램버트의 방식과 같았다.

본사로 가려면 현 CEO의 방식을 따르는 게 당연한 거 아닌가. 유빈이 아무리 논리적으로 나와도 그에게는 진심으로 들리지 않았다.

"재작년에는 MBG, 작년에는 아스트로스가 리베이트 조사로 엄청난 벌금을 물었죠. 전 세계 매출 2, 3위가 홍역을 치렀습니다. 매출 1위인 제네스 역시 안전지대가 아닙니다.

이게 세 번째 신호입니다."

"그건 미스터 킴이 잘 몰라서 하는 말씀입니다. 우리가 중국 당국과 얼마나 관계가 좋은지 알 리가 없으니까요"

"정기적으로 뇌물이라도 줬습니까?"

"말이 안 통하는군요. 중국에서는 그게 관행입니다."

크리스 루는 움찔했지만, 반항적으로 대꾸했다. 이제는 뇌물을 줬다는 이야기에 부정도 하지 않고 있었다.

"관행이라면 MBG와 아스트로스는 왜 조사를 받았을까요? 그들은 너무 깨끗해서 뇌물 따위는 생각도 하지 않았을까요? 맞습니다. 불법 리베이트와 중국 당국과의 유착 관행은 중국 내 의약 업계에 만연된 관행입니다. 하지만 중요한 건 중국 정부와 언론들이 노골적으로 자국 기업을 편들고 외국계 다국적 제약사만 노리고 있다는 점입니다."

유빈의 끊이지 않는 융단폭격에 크리스 루는 끼어들 생각조차 못 했다.

"네 번째 신호로 중국에서 가장 큰 제약회사인 바이젠이 올해 제네스의 블록버스터 약품인 에메리스의 제네릭을 출시했습니다. 에메리스도 가격 인하로 점유율을 유지하기 위해 안간힘을 쓰고 있는 거로 알고 있습니다."

"중국 당국이 바이젠을 밀어주기 위해 제네스를 조사할 거라는 말인가요?"

"아니라고 생각하시나요? 확신할 수 있습니까? 아니면 알면서도 '내가 대표이사일 때만 터지지 않으면 돼.' 이렇게 생각하는 겁니까?"

"휴우, 이야기가 평행선이군요. 미스터 킴이 우려하는 바는 알겠습니다. 하지만 미스터 킴은 중국에 온 지 이제 3일째고 저는 3년이 넘었습니다. 누가 더 중국 상황을 잘 알겠습니까? 이곳 일은 제가 알아서 하겠습니다. 그리고 더 이상의 충고는 사양하겠습니다."

"그래서 어떻게 하시겠다는 겁니까?"

유빈은 의사로부터 처방 약속을 받을 때처럼 크리스 루부터 확실한 대답을 받아내려 했다.

"하아, 그러니까 제가 알아서……."

"지금이라도 늦지 않았습니다. 모든 사업부에서 리베이트를 최소화하고 중지했던 사회활동도 재개하십시오."

"그건 제네스 차이나 사장으로서 제가 결정할 일입니다. 간섭이 지나치군요."

"간섭이 아닙니다. 제네스 차이나, 멀리 봐서는 제네스 전체를 위해서 하는 말입니다."

"여보십시오. 리베이트를 줄였다가는 매출이 곤두박질칠 겁니다. 매출이 줄면 미스터 킴이 책임질 겁니까? 그리고 리베이트는 본사에서도 묵인한 일입니다. 말씀하신 것처럼

NEVA와 관련된 일이라면 말씀을 따라야 하겠지만 지금 이 야기는 그렇지 않은 것 같군요."

유빈이 아무 말 없이 꽤 오랫동안 크리스 루의 눈을 쳐다 봤다.

"어쩔 수 없군요. 전 분명히 경고했습니다. 지금 한 이야 기는 아시아 본부를 통해 뉴욕 본사로 보고하겠습니다."

"마음대로 하십시오. 쓸데없는 일을 한 거라는 것을 곧 알 게 될 겁니다."

설전이 끝나고 유빈은 인사도 하지 않고 자리에서 일어났 다. 보고를 올린 직원들에게 불이익이 조금이라도 있으면 가 만히 있지 않겠다는 경고를 크리스 루에게 날린 유빈은 양 부장이 직접 컴플레인 보고를 취소한 것까지 확인하고 바로 공항으로 이동했다.

"매니저님, 증인이 있는데 왜 크리스 루를 그냥 놔두셨습 니까?"

탑승을 기다리던 리센위가 노트북을 사용하고 있는 유빈 에게 다가왔다.

"왕 아이핑을 비롯한 영업사원들은 이미 충분히 용기를 냈 습니다. 그들을 증인으로까지 세울 수는 없습니다. 그들은 어쨌든 제네스 차이나 직원이니까요."

"아…… 그렇죠."

"경고했으니까 크리스 루도 NEVA에 관해서는 더 수를 부리지 않을 겁니다. 하지만 그보다 더 큰 문제가 남아 있습니다."

"중국 사람인 제가 봐도 시장 상황은 혼란스러운 것 같습니다. 크리스 루가 매니저님의 진심을 알아줬으면 좋았을 텐데 완전히 소귀에 경 읽기더군요. 아쉽습니다."

"아니요. 저는 크리스 루가 받아들이지 않을 것을 알고 있었습니다. 조금 전의 대화는 제 의도대로 되었습니다."

"네? 그게 무슨……."

"리도 차후에 알게 될 겁니다."

리센위는 선뜻 고개를 끄덕이지 못했다.

유빈의 의견에 크리스 루가 콧방귀도 뀌지 않는 걸 목도했는데 의도대로 되었다니.

"그런데 정말 제네스 차이나에 위기가 닥치나요? 아까 보니까 미스터 나라옌과 통화하시는 것 같던데요."

"네, 뉴욕 본사에 아시아 본부의 이름으로 제네스 차이나 감사 요청을 넣으라고 부탁했습니다. 지금 보고서를 정리해서 보냈고요."

"미스터 나라옌이 깜짝 놀라셨겠네요."

"폭풍의 여파는 최소화해야 하니까요."

리센위는 유빈의 논리에 감복했지만, 중국에서 영업했던 그 역시 그렇게 쉽게 일이 터질 거라는 생각은 들지 않았다.

하지만 리센위의 그런 생각은 두 달을 넘지 못했다.

리센위가 BD 사무실 문을 거칠게 열고 들어왔다.

"매, 매니저님! 큰일 났습니다!"

"무슨 일입니까?"

타츠야와 대화를 나누던 유빈이 헐떡거리는 리센위를 진정시켰다.

"헉헉, 제네스 차이나 말입니다. 매니저님이 말씀하신 것처럼 대대적인 리베이트 조사가 들어갔다고 합니다. 지금 본부도 난리가 났습니다."

"뭐? 정말이야?"

타츠야가 더 놀라 자리에서 벌떡 일어났다.

"뉴스에 중국 당국에서 제네스 차이나 임원 한 명을 구금했다는 기사까지 확인했습니다."

"신원까지 나왔습니까?"

"이름은 안 나왔지만 제네스 중국법인 최고위급 임원이 구금되었고 스티브 발렌 CFO(최고재무책임자)는 출국금지를 당했다고 나와 있습니다."

"크리스 루겠군요. 최고위급 임원이라면."

"잠깐만. 이렇게 되면 아시아 본부도 책임을 면하지 못할 텐데…… 나라엔 CEO한테 불똥 튀는 거 아닐까요?"

타츠야가 걱정스러운 얼굴로 유빈을 쳐다봤지만, 그의 표정을 보니 두근거림이 조금 가라앉았다.

유빈이 저런 표정을 하고 있을 때는 걱정할 필요가 없다는 것을 경험적으로 알고 있었다.

"저 이 기사 보고 얼마나 소름 돋았는지 아십니까? 두 달 전에 매니저님이 말씀하신 그대로지 않습니까? 설마 매니저님은 크리스 루가 구금될 줄 알고 그때 그런 말씀을……."

질문하려던 리센위는 유빈의 표정을 보고 말을 잘랐다. 유빈의 표정에 답이 들어 있었다.

"저도 구금까지 될 줄은 몰랐습니다. 그리고 제가 의도대로 되었다는 말은 다른 사람 이야기를 한 것이었습니다."

"네? 다른 사람이요? 그때 크리스 루 말고 누가…… 아! 설마?"

"네. 그날의 설전으로 제가 설득한 사람은 크리스 루가 아니라 양 부장님이었습니다."

"……언빌리버블."

타츠야는 영문을 모르고 둘을 번갈아 쳐다봤다.

하지만 유빈이 또 뭔가 놀라운 일을 해냈다는 것 정도는 알 수 있었다.

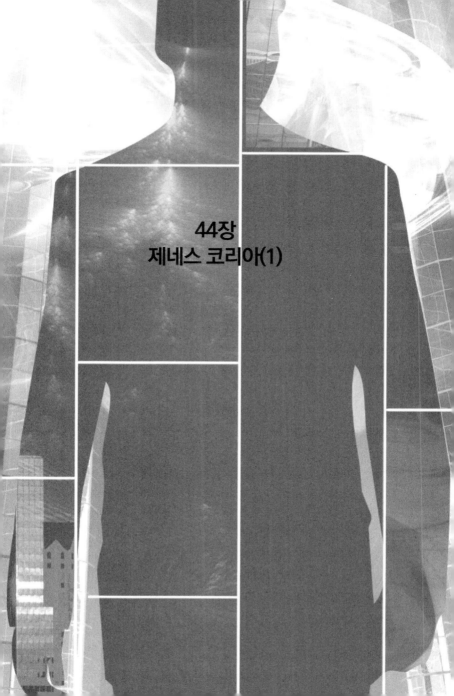

44장
제네스 코리아(1)

　상하이 본사에서 크리스 루와 설전을 벌이는 내내, 유빈의 오라는 인사부장인 양제츠에게 향해 있었다.

　애초에 유빈은 크리스 루를 설득할 생각이 없었다.

　그가 지금까지 해온 일로 봤을 때, 유빈이 아무리 옳은 이야기를 해도 귀를 기울일 사람이 아니었다.

　하지만 양 부장은 달랐다.

　임기를 마치고 다음 발령지로 이동하면 되는 크리스 루와 달리 양 부장은 20년 넘게 제네스 차이나에서 근무해 온 직원이었다.

　그에게 제네스 차이나는 20년 동안 그의 가족을 부양할 수 있게 해 준 회사고 가족과도 같은 동료들이 일하는 소중한 장소였다.

크리스 루 사장에게 중국 당국의 리베이트 조사가 곧 닥칠 수밖에 없다는 논리를 하나하나 풀어 놓는 유빈을 옆에서 바라보며 양 부장의 가슴은 방망이질해 댔다.

제네스 차이나를 걱정하는 유빈의 한 마디, 한 마디가 그의 가슴을 파고들었다.

만약 제네스 차이나에 중국 당국의 조사가 들어온다면 그 파편을 직접 맞는 사람은 열심히 현장에서 일하는 영업 직원과 마케팅 직원일 가능성이 컸다.

이대로 있을 수는 없었다.

그도 어쩔 수 없는 회사원이다 보니 크리스 루 사장의 경영 방침을 수행했지만, 마음 깊은 곳에서 그를 따르는 것은 아니었다.

유빈은 첫 만남에서부터 그 사실을 파악할 수 있었다. 크리스 루의 명령으로 신입 직원에게 가짜 보고를 강요한 일 때문에 양 부장은 괴로워하고 있었다.

유빈은 진실을 갈구하는 리센위에게 그 당시의 상황을 설명해 줬다.

"부장님, 인사부로 가시죠. 직원들이 올린 보고를 삭제하는 것만 확인하면 바로 공항으로 출발하겠습니다. 리는 먼저 내려가서 출발 준비하고 있으세요."

"알겠습니다. 매니저님."

크리스 루의 태도에 아직도 상기된 얼굴이 돌아오지 않은 리센위를 엘리베이터로 내려보내고 유빈과 양 부장은 인사부로 이동했다.

인사부로 들어가기 전 양제츠의 발걸음이 멈췄다.

"저…… 매니저님."

"네, 말씀하십시오."

"어떻게 하면 됩니까?"

"뭘 말입니까?"

유빈은 양 부장이 보이는 심경의 변화를 알아챘지만, 모른 척 물었다.

"제가 생각하기에는 올해 매니저님 말씀처럼 제네스 차이나에 큰일이 생길 것 같습니다."

"음, 어쩌겠습니까. 사장이 꿈쩍도 하지 않는데."

"사장님은 어쩔 수 없지만, 제가 할 수 있는 일이 분명히 있을 겁니다!"

양 부장이 의지에 가득 찬 눈으로 유빈의 조언을 갈구했다.

"크리스 루 사장의 방침에 반하는 일인데도요?"

"그는…… 매니저님이 말씀하신 것처럼 진정한 리더가 아

닙니다. 제네스 차이나 사람도 아니고요. 제네스 차이나의
진짜 주인은 여기서 평생 일하는 사람들입니다."

"잘 알겠습니다."

양 부장과 유빈의 눈빛이 마주쳤다.

유빈은 양 부장에게 준비해야 할 일을 상세하게 말해 줬
다. 그리고 마지막으로 덧붙였다.

"에메리스 담당 부서는 특히, 더 조심해야 합니다. 점유율
을 잃을 수도 있겠지만, 대를 위해 소를 희생한다고 생각하
십시오. 부서장을 설득하실 수 있으시겠어요?"

"다 형제처럼 지내는 사람들입니다. 가능합니다."

"좋습니다. 단, 지금까지 해온 것이 있기 때문에 처벌을
아예 안 받을 수는 없습니다. 지금 우리가 해야 할 일은 최소
화하는 일이죠. 제가 크리스 루에게 말한 것처럼 자원봉사
등의 활동은 다시 시작하십시오. 물론 공적으로 하시면 안
됩니다. 제네스의 이름으로 하되 크리스 루의 귀에 들어가지
않도록 하십시오."

"알겠습니다!"

유빈의 이야기에 리센위는 입을 다물지 못했다.

"이렇게 된 겁니다."

"그, 그러니까 제가 출발 준비하러 내려간 사이에 양 부장

님과 그런 이야기를…… 왜 저한테 미리 이야기해 주지 않으셨습니까?"

"놀라게 해주려고요."

"네?"

"하하, 농담입니다. 리는 올해 조사가 들어올 거라는 제 말을 믿지 않았죠?"

"그, 그게…… 사실 그랬습니다."

"그래서 일부러 말하지 않은 겁니다. 양 부장과 나눈 이야기에 대해 털어놨으면 리는 과하게 중국 쪽을 신경 썼을 테니까요."

"……이해했습니다."

유빈의 말은 사실이었다.

리가 제네스 차이나에 조사가 들어올 거로 생각했으면 중국에 있는 선후배와 친구들을 챙기기에 바빴을 것이었다.

"아무튼, 지금 중요한 건 양 부장님이 얼마나 대책을 잘 수행했느냐는 겁니다. 그 정도에 따라서 제네스 차이나와 제네스에 미칠 영향이 결정될 겁니다."

"제가 본 기사가 환구시보 인터넷 특보였으니까 이제 슬슬 후속 기사가 나올 겁니다."

"그럼 리는 중국 쪽 기사 확인 계속해 주십시오. 타츠야는 관련 외신 쪽 부탁합니다."

"알겠습니다."

두 사람이 동시에 대답했다.

"그럼 저는 나라엔 CEO에게 다녀오겠습니다. 많이 놀라셨을 텐데 달래 드려야죠."

비상 회의를 끝내고 집무실로 돌아온 마크 램버트가 신경질적으로 보우 타이를 풀었다.

창밖에는 어두컴컴한 밤하늘이 주변 건물의 조명을 감싸고 있었다.

파티에 참석하기 위해 가던 중 크리스 루가 중국 당국에 구금되었다는 연락을 받은 그는 저녁도 먹지 못하고 소집된 회의를 진행했다.

제네스 차이나는 글로벌에서도 중요한 시장이었다.

중국에서 매출이 고꾸라지면 올해 글로벌 목표는 물 건너간 것이나 다름없었다.

비상 회의를 열었지만, 정보가 부족해 사람을 현지에 급파하는 것 말고는 딱히 할 수 있는 게 없었다.

허기와 짜증이 동시에 치밀어 올랐다.

"이런, 젠장! 하필이면 새로운 제네스 원년을 발표한 이

시기에!"

톰 로렌스가 집무실의 문을 열고 들어왔다. 그의 손에는 커피와 샌드위치가 들려 있었다.

"하아, 고맙네. 톰. 그나마 자네라도 옆에 있어서 다행이군."

"너무 걱정하지 마십시오. MBG 때와는 분위기가 확실히 다릅니다."

"크리스 루는 뇌물 때문에 구금된 게 확실한 거지?"

"네, 제리 섀넌 제네스 차이나 부사장이 확인해 줬습니다. 하지만 스티브 발렌은 리베이트 문제 때문에 조사를 받는 게 맞다고 했습니다."

"MBG 때는 어땠지?"

"중국 당국에서 이미 리베이트 규모까지 다 조사해서 발표하고 임원 네 명을 동시에 구금했었습니다. 뉴스도 크게 났었고 사회적으로 큰 이슈가 되었는데 이번에는 그때와 비교하면 조용한 편입니다. 중국 쪽에서도 제네스를 건드리는 일은 조심스러워하는 모습입니다. 언론 통제도 하는 것 같고요."

"MBG 중국 매출은 얼마나 영향을 받았지?"

"조사를 받고 그해 하반기에 60%가 감소했습니다. 하지만 그다음 해부터는 조금씩 회복하는 중입니다."

톰 로렌스가 막힘없이 마크 램버트의 질문에 대답했다.

"60%라니. 생각만 해도 끔찍하군. 아직 조용한 편이지만 안심할 수 없어."

"맞습니다. 터뜨린 타이밍으로 봐서 에메리스를 노린 게 틀림없습니다."

"아무리 공산국가라도 그렇지. 자국 회사 돕겠다고 세계 1위 제약 회사를 건드려?"

"에메리스를 담당하는 전문의약품 부서에서 리베이트를 많이 안 했길 빌어야죠."

"지금 그걸 말이라고 해? 중국에서 리베이트를 안 하고 어떻게 매출이 나오겠어? 내가 E디테일을 유럽에 하루라도 서둘러서 적용한 것도 중국 때문인 거 알잖아? 영업사원이 처방을 위해서 의사를 만나는 이상 리베이트는 사라질 수 없는 일이라고."

리베이트에 민감한 마크 램버트가 목소리를 높였다.

중국 당국이 일을 터뜨린 이상 아무 성과 없이 넘어가지는 않을 것이었다.

마크 램버트의 흥분이 가라앉기를 기다리던 톰 로렌스가 손에 들고 있던 핸드폰을 확인했다. 몇 가지 문자가 온 모양이었다.

"미스터 램버트, 지금 문자를 받았는데 스티브 발렌 CFO(최고재무책임자)는 출국 금지되기는 했지만, 업무 수행에는 지장이 없다고 합니다. 현재 공정위원회에서 상하이 본사를 방문해 조사 중이고 직원들이 협조하고 있다고 합니다. 그리고…… 미스터 나라옌이 중국으로 출발했다고 연락이 왔습니다. 우리 쪽에서 보낸 법무 담당자와 회계 담당자를 상하이에서 만날 예정입니다."

"나라옌은 크리스의 루의 직속 상사라 책임 추궁을 면치 못하겠군. 안타깝게 됐어."

마크 램버트에게 나라옌은 파벌을 떠나 한 리전을 믿고 맡길 수 있는 인물이었다.

"그게, 꼭 그렇지만은 않습니다."

"어떻게?"

"회의가 끝나고 바로 확인했는데 미스터 나라옌이 두 달 전에 제네스 차이나의 감사 요청을 본사 감사실에 올렸습니다. 내용이 마치 지금의 상황을 내다본 것 같을 정도로 제네스 차이나에서 리베이트를 제한해야 한다는 내용이었습니다."

"감사팀에서 그럼 대응을 어떻게 한 거야?"

"감사 계획만 세워 놓고 수신 확인만 한 상태입니다."

"나라옌은 운도 좋군. 대신 감사팀에만 피바람이 불겠어."

"운이라고 하면 부하 직원을 잘 둔 운이겠죠."

"무슨 소리야?"

"감사 요청 보고서의 원 작성자가 유빈 킴입니다."

"……유빈 킴? 그 유빈 킴?"

"네. 나비로이 때문에 중국에 출장 갔다가 보고서를 작성한 모양입니다."

"그 친구는 안 끼는 곳이 없군."

관심 없는 듯 툭 말을 던졌지만, 그의 눈빛은 다른 이야기를 하고 있었다.

💼

[제네스 차이나는 중국 위생부 당국자와 병의원에 대한 뇌물 공여죄로 10억 위안(1,700억 원)의 벌금형을 선고받았다. 또한, 부정행위와 관련된 제네스 차이나 책임자 크리스 루를 비롯한 임원 2명은 기소되었다.

이에 제네스 글로벌 측은 재판 결과와 관계없이 해당 임원 2명에 대해 해고 조치를 하겠다고 발표했다. 이번 징계조치에 대해 제네스 측은 "자사 가치 및 행동지침 위반에 대한 처벌"이라며 "부정행위는 제네스 명예를 손상시켰으며 향후 신흥국 내 사업에도 타격을 줬다"고 강조했다.

회사는 중국 내 비용 관련 관리감독을 강화했으며, 사외 법률회사 및 외부 자문위원 고용을 통해 감시토록 한다는 방침이다.

업계 관계자는 제네스 차이나가 중국 공안의 대대적인 조사에도 MBG나 아스트로스에 비해 타격을 적게 봤다고 평가했다.

　MBG는 기소된 임원들이 집행유예를 받기는 했지만, 벌금으로 30억 위안을 선고받았고 중국 내 브랜드 이미지도 크게 실추되었다.

　제네스 차이나가 선방한 이유로는 적발된 리베이트 건수가 예상보다 많지 않았고 회사에서 리베이트를 줄여 가기 위한 노력을 했음을 확인했기 때문이라고 했다.

　그 노력 중 하나로 제네스는 올해 글로벌 런칭한 UAB 치료제인 '나비로이'에 한해서는 NEVA라는 영업사원 평가 시스템을 도입해 리베이트를 원천적으로 방지했다.]

　커다란 목소리로 소리 내어 기사를 읽은 리센위가 타블렛 PC를 타츠야에게 넘겼다.

　타블렛 PC에는 기사뿐만 아니라 상반기 중국 내 나비로이 판매 추세 그래프도 나와 있었다. 리베이트 조사로 주춤한 다른 약품에 비해 나비로이는 고공행진을 보였다.

　"캬아, 매니저님. 이런 걸 전화위복이라고 하나요? 이번 리베이트 조사 때문에 중국 비뇨기과 의사회에서 나비로이를 완전히 밀어준다고 하더라고요."

　"그럴 수밖에 없겠죠. 다른 진료과는 조사로 홍역을 치렀는데 비뇨기과 쪽만 아무런 탈 없이 넘어갔으니까요."

"두 분 말씀처럼 큰 탈 없이 넘어가서 다행입니다. 양제츠 부장님의 역할이 무엇보다 컸습니다. 쉽지 않으셨을 텐데 20년 동안 그분이 회사에서 쌓아 온 인덕이 큰 역할을 한 거죠. 아무튼, 이번 조사로 제네스는 물론이고 다른 제약회사도 경각심을 가질 겁니다."

"큰 위기를 넘겼으니까 이대로 추세가 이어지면 다른 리전에 비해 아시아 리전의 나비로이 매출은 압도적일 거로 예상됩니다."

타츠야의 말처럼 런칭 후 4개월이 지난 현재 나비로이의 아시아 매출은 다른 리전에서 따라올 수 없을 정도였다. 코마케팅으로 시장에 재빨리 안착한 게 가장 큰 원인이었다.

유빈은 타츠야가 정리해 준 아시아 각국의 매출 그래프를 유심히 살폈다.

대부분 큰 성장세를 보이는 아름다운 우상향 그래프였다.

"음……."

"왜 그러십니까?"

"아, 잠시만요."

타츠야가 유빈이 보고 있는 페이지를 슬쩍 넘겨봤다. 제네스 코리아의 매출 그래프였다. 역시 다른 나라와 마찬가지로 우상향하는 그래프였다.

"매출이 둔화하는 것 같지 않아요?"

"네?"

"매출이 잘 성장하다가 저번 달과 비교하면 이번 달 성장세가 조금 꺾인 것 같습니다. 물론 성장은 하고 있지만요."

유빈이 각 나라의 그래프를 겹쳐서 보자 각도에서 확실한 차이가 보였다.

"……그렇네요. 다른 국가는 전 달보다 성장률이 떨어진 적이 없는데 미세한 차이기는 하지만 한국만 줄어들었네요."

"아무래도 한번 살펴봐야 할 것 같습니다."

이제 런칭하고 4개월밖에 안 된 약품의 매출 성장세가 조금이라도 둔화하는 모습을 보인다면 문제가 있을 수 있었다. 더욱이 한국의 나비로이 담당자로부터는 아무런 이야기가 없었다.

드러난 문제가 아니라면 숨겨진 문제가 있을 수 있었다.

"회장님!"

"오, 유빈 군. 와 줘서 고맙네!"

유빈이 인천 공항에 도착하자마자 향한 곳은 제네스 코리아가 아니라 송도에 있는 셀아키텍트 본사였다.

한 달 전부터 셀아키텍트의 서우석 회장이 유빈과의 만남을 원했었는데 한국에 온 차에 만나러 간 것이었다.

"바로 오지 못해서 죄송합니다."

"아닐세. 자네가 바쁜데 내가 무리하게 부탁을 해서 미안할 뿐이네. 자네의 활약은 잘 전해 듣고 있네. 하하."

"어떻게 지내셨습니까? 음, 조금 수척해지신 것 같습니다."

유빈이 호탕하게 웃는 서우석 회장을 살폈다.

여전히 거대한 풍채를 자랑하고 있었지만, 유빈은 그의 오라가 전에 비해 탁하다는 것을 알 수 있었다.

"자네의 눈은 속이지 못하겠군. 나한테 수척해 보인다고 한 사람은 와이프를 제외하고 자네가 첫 번째일세. 몸이야 잘 찌는 체질이다 보니 변화가 없는데 속이 말이 아니네."

"이제 곧 EMA 승인 권고도 날 거고, 얼마 전에는 머토마가 세계 최초 항체 바이오시밀러로 올해 세계 10대 제약뉴스에도 뽑힌 거로 알고 있는데 무슨 고민이라도 있으신가요?"

"자네, 우리 회사 주가는 확인해 봤나?"

"제가 좀 정신이 없다 보니 한동안 못 봤습니다."

민망한 듯 유빈이 볼을 긁적였다.

사실 전에 서 회장이 이야기한 후로 일부러 찾아본 적이 없었다.

"하하, 자네처럼 돈 욕심 없는 사람도 없을 거야. 한번 보게나."

서 회장이 셀 아키텍트의 주가 그래프를 모니터에 띄웠
다. 애써 웃기는 했지만, 안 그래도 검은 그의 얼굴에 그늘
이 졌다.

상장 후 잘나가던 주가가 어느 순간부터 빠지더니 최근에
는 하한가까지 맞은 모습으로 모든 이평선이 역방향으로 배
열된 최악의 상태였다.

"……셀아키텍트에 무슨 악재라도 있나요?"

"그런 게 아니네. 공매도 때문이야. 내가 요즘 공매도 때
문에 주주들에게 얼굴을 들지 못하고 있네. 주가가 계속 하
락하는 바람에 회사 운영도 흔들리고 있고."

공매도는 현재 주식(실물)을 갖고 있지 않지만, 미래의 특
정 시점에 매매계약을 맺어 그 중간에서 생기는 시세차익을
취하는 수법으로 주가가 하락해야만 수익을 볼 수 있다.

국내에선 자본시장법에 의해 실물 없이 거래하는 것이 금
지되어 있으나 대차거래를 통해 빌린 주식이나 현물을 팔고
다시 갚는 형태로 공매도가 이루어지고 있었다.

유빈은 그래프뿐만 아니라 관련 수치도 유심히 살폈다.

서 회장의 말처럼 셀아키텍트는 공매도의 타깃이 되어 있
었다. 최근 6개월간 공매도의 비중이 10% 미만인 날이 거의
없었고 20% 이상인 날도 많았다.

"이해가 안 되는군요. 셀아키텍트처럼 장래가 밝은 기업에 공매도가 달라붙다니요."

"이게 셀아키텍트에 관한 최근 뉴스일세."

기사를 읽는 유빈의 눈이 동그래졌다. 좋은 뉴스는 없고 하나같이 악성 루머뿐이었다.

대부분은 서우석 회장 및 경영진에 대한 루머로 분식회계, 중국 임상실험 실패설, EMA 승인 가능성 낮음. 매출 부진, 배임 횡령설까지 증시시장을 타고 악성루머가 끊이지 않았다.

그리고 루머가 돌 때마다 주가는 어김없이 곤두박질을 쳤다.

"상장을 위해 지배구조를 바꾼 것조차 저들은 창고매출이다, 분식회계다 하며 덤비고 있네. 유럽 승인을 위해서는 일정량의 재고를 가지고 있어야 하는데 그것조차 머토마의 유통기한을 문제 삼고 있지."

"금융감독위원회에는 신고해 보셨나요?"

"신고? 신고는 물론 호소까지 했네. 하지만 악의적 공매도는 없다는 게 저들의 판단이네. 다 한편인 걸세. 회사는 잘 돌아가고 있다고 공시를 내도 IR(Investor Relations, 기업설명활동)을 여러 번 해도 아무 소용이 없네. 연기금도, 국내 기관도 우리 회사에 장기로 투자할 생각이 없다네."

"아니, 셀아키텍트 같은 회사를 왜? 저도 경영 공부를 하면서 주식에 관한 공부도 하기는 했지만, 이유를 모르겠군요."

"그렇겠지. 나도 밤을 새워 가며 생각했지만, 유럽 승인이 빨리 되지 않는 이상 힘들 것 같다는 생각이네."

"그런데 이 정도 공매도라면 유럽 승인이 되어도 문제일 것 같습니다. 유럽 승인이 발표되고 주가가 오르면 공매도는 천문학적 금액을 손해 볼 텐데 그들이 주가가 오르는 걸 가만히 놔둘까요? 모르긴 몰라도 갖은 수를 다 써서 주가를 끌어내릴 겁니다."

"사실은 나도 같은 생각일세. 그리고 그 생각이 현실로 될까 봐 두렵고."

"흐음, 한국에 있는 동안 방법을 생각해 보겠습니다."

유빈은 진중한 대답을 건넸다.

공매도 쪽으로는 잘 알지 못하기 때문에 일단 공부해 볼 생각이었다.

서 회장은 유빈의 대답만으로도 환한 미소를 지었다.

"고맙네. 자네가 바쁜 줄은 알지만, 방법이 있을 것 같아서 연락했네. 미안하네."

"회장님, 그런 말씀 하지 마십시오. 저도 주주입니다."

"그런가? 하하. 자네에게 강제로 회사 주식을 매입하게 한 것은 내가 생각해도 탁월한 선택이었어."

유빈은 심란한 마음을 숨기기 위해 계속 웃는 서 회장님이 안쓰러워 보였다. 그는 계속해서 해외 투자자보다는 소액주주들에 대해 걱정을 하고 있었다.

이렇게 비전을 가지고 회사를 위해 온몸을 불사르는 기업가를 도와주지는 못할망정 공매도에 한 손을 보태고 있는 국내 투자기관들의 태도가 아쉬울 뿐이었다.

"그럼 회장님, 필요한 자료가 있으면 연락드리겠습니다.

"너무 내 부탁만 했군. 자네한테 도움이 될 만한 일은 없겠는가?"

잠시 망설인 유빈은 나비로이 매출 그래프와 나비로이 판촉 자료를 서 회장에게 보여 줬다.

서 회장의 안목이라면 문제점을 짚을 수도 있었다. 그리고 한편으로는 그의 부담감을 덜어 주고 싶었다. 그럴 필요가 전혀 없는데 서 회장은 유빈에게 부탁하는 것을 정말 미안해하고 있었다.

"으음, 미묘하군. 다음 달 매출까지 볼 수 있으면 확실히 알 수 있을 것 같은데."

"저도 그렇게 생각합니다. 그렇지만 문제가 있다면 하반기에 돌입하기 전에 해결하는 게 좋다고 생각했습니다."

"지금 나비로이는 한국의 제약회사와 코마케팅을 한다고 했지?"

"맞습니다. 제네스 MR과 성국약품 MR이 한 조가 되어서 디테일링을 하고 있습니다."

"음, 다른 문제가 없다면 그 부분을 눈여겨보는 게 좋을 것 같군. 두 회사가 한 제품을 판촉한다면 부딪치는 부분이 있지 않겠는가? 더 정보가 없어서 그 이상은 생각나는 게 없군. 별로 도움이 못 돼서 미안하네."

"아닙니다. 충분히 힌트가 되었습니다. 감사합니다. 회장님."

잠시 생각에 잠겼던 유빈이 고개를 끄덕였다. 간과한 부분은 아니지만, 충분히 가능성이 있었다.

"아니네. 아직 그게 확실한 이유라고 밝혀진 것도 아니지 않나."

"일단 회사에 들어가 보면 뭔가 나오겠죠. 하하."

"항상 하는 말이지만 마크 램버트 CEO가 부럽구먼, 자네처럼 문제가 생기기 전에 알아서 움직여 주는 직원은 거의 없지."

전보다 한결 여유 있어 보이는 유빈의 모습에 서우석 회장이 웃으며 그의 어깨를 두드려 줬다.

삼성동 제네스 코리아 본사에 도착한 유빈은 바로 회의를 소집했다.

참석자는 한국에서 성국약품과 나비로이 코마케팅을 담당하는 BD 팀의 송우진 차장, 나비로이 PM인 안소영, 그리고 제네스 나비로이 MR을 통솔하는 여성건강사업부 본부장 장결희 이사였다.

한국에 오기 전에 미리 통보하기는 했지만, 다들 유빈이 갑자기 왜 한국에 온 건지 의아해하는 분위기였다.

평소에는 말을 놓지만, 공적인 자리라 송 차장은 말을 높였다.

"유빈 씨, 제네스 차이나 때문에 바쁜 거 아니었나요?"

"나도 뉴스에서 봤는데 잘 봉합된 건가?"

송 차장에 이어 장결희 본부장이 걱정 섞인 말투로 중국 상황을 궁금해했다.

회의 전에 인사를 나눈 장 본부장은 유빈이 그렇게 대견할 수가 없었다. 지금은 글로벌 포지션 그레이드가 자신보다도 높지만 누가 뭐래도 유빈은 여성건강사업부 MR 출신이었다.

직급은 올라갔지만, 유빈의 한결같이 겸손한 모습은 장 본부장을 더욱 흐뭇하게 만들었다.

"조금 더 지켜봐야겠지만, 일단은 문제가 커질 것 같지는 않습니다."

"정말 다행이군."

"제네스 차이나에서 리베이트가 터져서 다른 진료과에서는 의사 선생님들의 문의를 많이 받았는데 비뇨기과하고 산부인과에서는 오히려 나비로이 홍보가 되었어요. NEVA 덕분에요."

나비로이 PM인 안소영이 좋은 소식을 전해줬다.

"잘되었네요. 소영 씨, 나비로이 관련해서 이슈는 없나요?"

"무슨 문제라도 있나요?"

그다지 밝지 않은 유빈의 표정에 안소영은 뭔가가 있음을 눈치챘다.

"기우일지도 모르지만, 나비로이 매출이 둔화하는 것 같아서요."

"아, 6월 매출이요? 저희는 초도물량이 계획보다 약국에 많이 깔려서 약국 주문량이 소폭 감소한 거로 파악했는데요. 그것도 아주 소폭이지만요."

"음, 송 차장님. 성국 약품 쪽에서 다른 말은 없었나요?"

"아니, 없었습니다. 걔네는 지금 완전히 신났죠. 나비로이는 물론이고 자토스도 처방이 작년 대비 30%는 증가했다고 합니다. 우리 덕분에 완전히 땡잡았는데 말이 있을 리가 없죠."

"알겠습니다. 본부장님. 우리 영업팀은 어떻습니까?"

"산부인과는 워낙 유대가 잘되어 있어서 나비로이를 디테일하는 데 전혀 문제가 없네. 다만, 비뇨기과 쪽은 성국 약품의 도움을 받아야 하다 보니 아직 어색해하는 부분이 있는 것 같더군."

"아직도 그렇습니까? 한 팀으로 일한 지 4개월이 지났는데도요?"

"자네도 알겠지만, 성국 약품이 아무리 영업을 중시한다고는 하지만 다국적 회사인 제네스와는 문화도 다르고 특히 영업 방식은 더 다르다네. 그게 그렇게 쉽게 융화될 성격은 아니지. 그렇다고 해도 매출은 잘 나오고 있다네."

장 본부장의 대답에 고개를 끄덕인 유빈은 서우석 회장의 말을 떠올렸다.

두 회사가 하나의 목표를 위해서 움직이지만, 서로 다른 기업 문화와 지휘 체계 속에서 틈이 벌어진다면 그건 실제로 현장을 뛰는 영업사원 사이에서 나타날 가능성이 컸다.

뭔가가 떠오른 유빈이 안소영에게 시선을 돌렸다.

"소영 씨, 지역별 나비로이 매출액 좀 볼 수 있을까요? 산부인과와 비뇨기과를 비교해서 보여 주세요."

"지역별이요?"

"네, 4개월간 지역별 추이를 보려고요."

"잠시만요."

안소영이 엑셀 파일을 순식간에 조작해 유빈이 원하는 자료를 한눈에 볼 수 있게 만들었다.

"으음."

누구보다 매출 자료에 빠삭한 장 본부장이 입에서 바로 침음성이 나왔다. 자료를 보정하자 의외의 결과를 확인할 수 있었다.

"진료과별 편차가 생각보다 심하군."

"네, 지금 보면 강남 3팀의 남종현 씨는 산부인과에서는 매출이 거의 탑인데 반해 비뇨기과에서는 꼴찌에 머무르고 있습니다."

"이상하군. 아무리 성국 약품과 함께 들어가는 비뇨기과라도 남 대리가 저 정도로 실적이 안 나올 리는 없는데……."

유빈도 남종현 대리에 대해서는 잘 알고 있었다.

여성건강사업부에서 일할 때도 실적이 계속 좋았던 선배였다.

"송 차장님. 남종현 씨와 한 팀인 성국 약품의 임우종 씨에 관해 알 수 있을까요?"

유빈은 남종현의 이름 옆 괄호 안에 들어 있는 임우종에 주목했다. 괄호 안의 이름은 제네스 MR과 한 팀인 성국약품 직원 이름이었다.

"임우종 씨요? 어떤 게 궁금한지……."

"입사 후 실적, 특히 작년과 재작년 같은 최근 실적에 대해 알아봐 주십시오."

"회의가 끝나면 바로 성국약품에 연락하겠습니다."

"네. 다음 예를 보면 강남 1팀의 송은진 씨는 산부인과에서는 중위권이지만 비뇨기과에서는 실적 1, 2등을 다투고 있습니다."

장 본부장이 다시 고개를 갸웃거렸다.

그가 알기로 송은진은 탑을 다툴 만큼 영업력이 아주 뛰어난 친구는 아니었다. 작년 6월에 전문의약품 팀에서 부서를 옮긴 직원으로 이전 부서에서도 실적은 평범했지만, 사내 평판은 매우 좋았던 거로 기억이 났다.

"팀을 정한 기준은 뭐죠?"

"지역을 고려해서 정했습니다. 지역 구분이 조금씩 달랐지만, 성국 약품 MR이 담당하는 지역과 제네스 MR이 담당하는 지역 중 매출이 큰 지역을 중심으로 해서 겹치는 사람끼리 팀을 맺었습니다."

"팀을 다시 정해야 할지도 모르겠군요."

안소영의 설명을 들으며 동시에 자료를 살피던 유빈이 혼잣말처럼 중얼거렸다.

"그런데 이렇게까지 해야 하는 이유라도 있어? 매출이 눈에 띄게 하락한 것도 아니고 단지 성장률이 전달보다 살짝 줄었을 뿐인데 오바하는 거 아니야?”

남종현 대리를 만나기 위해 그의 담당 지역인 동작구로 차를 타고 가던 중이었다. 유빈과 동행한 송 차장이 운전하며 운을 떼었다.

“저도 압니다. 다른 분들이 그렇게 생각하는 것도 알고요.”

“그러니까 나 좀 납득시켜 봐.”

“글쎄요. 사실 딱히 이유는 없습니다. 매출 자료를 봤을 때 뭔가 문제가 있구나 하는 생각, 아니 직감이 들었습니다.”

“직감?”

“네. 여러 가지 일을 겪다 보니까 그럴 느낌이 들 때가 있더라고요. 중요하지 않아 보이는데 중요한 그런 것 있잖아요.”

“글쎄, 난 잘 모르겠다.”

“그럼 이렇게 생각하세요. 댐에 작은 금이 생기면 바로 보수하잖아요. 지금은 작은 금이지만 점점 커지면 댐을 무너뜨릴 수 있는 것처럼 알아봐서 문제가 없으면 다행이고 작은 문제라도 있다면 해결하면 좋은 거죠.”

“유빈 씨 말은 그 직감이 6월 매출 둔화가 큰 문제가 될 수도 있다고 이야기하고 있다는 말이지?”

“네.”

“좋아. 다른 사람 말이었으면 면박 주고 무시했겠지만, 유빈 씨 말이니까 한번 믿어 본다."

말은 그렇게 했지만, 송 차장의 표정은 시원하게 펴지지 않았다.

"고맙습니다. 차장님. 그런데 성국약품 임우종 씨에 대한 자료는요?"

"아, 맞다. 말해 주는 걸 깜박했네. 그 친구 작년에 베스트 MR이었대. 계속 실적도 좋았고. 그런데 남종현 씨하고 상황은 비슷한가 봐. 자토스 매출은 거의 탑이더라고."

유빈은 말없이 고개를 끄덕였다.

"별로 안 놀라네?"

"네. 대충 그럴 거로 예상했습니다."

"뭐?"

송 차장으로서는 이해가 안 되는 상황이었다.

베스트 MR급인 두 사람이 모였으니 드림팀이나 다름없었다. 그런데 실적은 바닥을 기고 있었다.

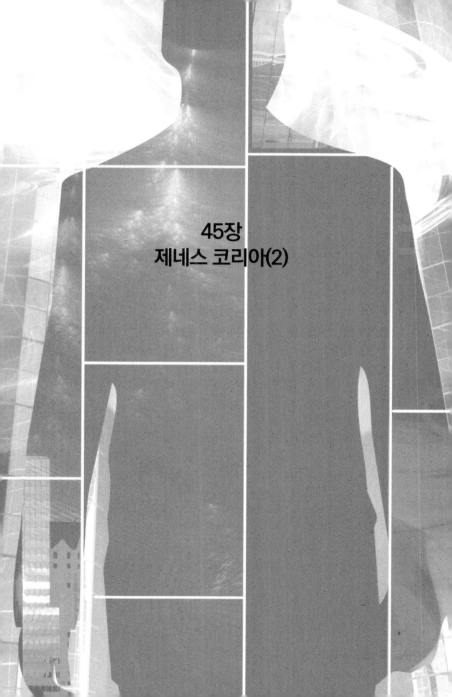

45장
제네스 코리아(2)

신대방동 보라 병원에서 만난 남종현은 망설이며 속에 있는 이야기를 하지 않았다.

유빈은 그의 마음을 충분히 이해했다.

영업팀의 고충은 영업하는 사람만이 알 수 있었다. 그리고 그런 고충은 영업팀 안에서 해결하는 게 관례였다.

"선배님, 저도 얼마 전까지 영업팀이었지 않았습니까? 비록 지금은 내근직에 있지만, 저에게는 항상 영업팀이 최우선입니다. 후배한테 털어놓는다 생각하시고 고민이 있으시면 말씀해 보십시오."

"유빈 씨. 정말 괜찮다니까요. 나비로이 실적이 잘 안 나와서 고민이기는 한데 비뇨기과 원장님하고 친분이 쌓이면 앞으로 잘 나올 겁니다."

"나비로이 매출은 제네스와 성국약품이 구분돼서 나오지 않잖아요. 어차피 DDD로 나오는 건데, 같은 팀인 임우종 씨는 담당 원장님하고 친분이 있잖아요."

남종현의 틀에 박힌 대답에 유빈이 잠시 입을 다물자 답답했던지 송 차장이 치고나왔다.

임우종의 이름이 거론되자 남종현의 오라가 순간적으로 요동을 쳤다. 송 차장이 더 말하려는 것을 유빈이 선수 쳐서 막았다.

"물론 그렇죠. 선배님 말씀처럼 곧 있으면 비뇨기과에서 나비로이 매출도 잘 나올 겁니다. 오늘 제가 이렇게 온 건 팀을 한번 바꿔 볼까 해서요."

"그게 가능해요?"

정말 괜찮다던 남종현의 표정이 눈에 띄게 밝아진 반면 송 차장은 이게 무슨 소리냐는 얼굴이었다.

유빈은 송 차장의 표정에 신경 쓰지 않고 계속 이야기를 이어 갔다.

"네. 하지만 신청하는 경우에만 대상이 됩니다."

"……그래요?"

"사실 이미 런칭을 했고 원장님들도 이제 슬슬 제네스 담당자의 얼굴이 익을 텐데 지역을 바꾸는 게 행정 낭비이기는 합니다. 하지만 그보다는 두 회사의 MR이 같이 일한 지도 4 개월이 지났고 한 번은 영업팀의 의견수렴이 필요하다는 생각이 들었습니다."

두 사람을 모두 만족시키는 답변에 둘은 동시에 고개를 끄덕였다.

"선배님께서 의견이 없으시면 다음 분에게 가 보겠습니다. 다만, 의견이 없으면 변화도 없다는 것도 알고 계셔야 합니다. 뭔가를 바꿔 보고 싶으시면 지금이 기회입니다."

유빈은 가만히 그의 대답을 기다렸다.

한참을 망설이던 남종현은 유빈의 진중한 눈빛에 긴 숨을 내쉬었다.

"아, 이거. 이런 이야기는 술이라도 한잔해야 잘 나오는데. 솔직히 말할게요. 나도 그렇지만 생각보다 성국약품 직원들과 트러블이 꽤 있습니다."

"우리 MR과 말씀이시죠?"

"네. 그게 알다시피 산부인과에서는 나만 잘하면 되니까 상관없는데 비뇨기과에서는 둘이 들어가다 보니까 여러 가지 면에서 의견 대립이 있습니다. 디테일은 어떻게 할 건지. 세미나는 누가 잡을 건지. 등등이요. 부끄럽지만 저 같은 경우는 성국약품 임우종 씨와 한 달 같이 일하고 그 이후로는 연락도 잘 안 합니다. 병원에도 따로 들어가고 있고요."

"뭐라고요?"

놀란 송 차장이 입을 뻐금거렸다.

남 대리의 입에서 나오는 이야기는 코마케팅의 책임자로서 그가 알고 있어야 하는 내용이었다.

"다 큰 어른이 이게 뭐하는 일인지 싶지만, 한 번 크게 다퉜거든요. 같은 회사 사람이면 어떻게든 화해도 하고 할 텐데 자존심도 있고 중재해 줄 만한 사람도 없다 보니까 3개월을 그렇게 지냈습니다."

"왜 다투신 건가요?"

"작은 일입니다. 솔직히 제네스 MR은 나비로이에 한해서는 NEVA로 평가받기 때문에 실적에서는 자유로운 편이잖아요. 그런데 성국약품은 아니죠. 어떻게든 빨리 실적을 내는 게 목표입니다. 그러다 보니 페이스가 달라지고 원장님을 상대하는 방법도 완전히 다른 거죠."

"왜 회사에 이야기하지 않았나요?"

"이야기하면 뭐가 바뀌기라도 합니까? 초반에 영업팀에서 코마케팅에 관해 이런저런 이야기를 한 거로 압니다. 무슨 조처가 있었습니까? 제가 이렇게 솔직히 털어놓는 것도 유빈 씨가 대안을 제시했고 우리의 의견에 귀 기울인다는 느낌을 받아서입니다. 담당 지역까지 찾아와서 물어보기까지 하는데 본부에서 형식적으로 불만청취 듣는 거하고 어느 쪽이 진심으로 느껴지겠습니까?"

억울한 표정을 지으며 질문했던 송 차장은 아무런 대답도 하지 못했다.

쌓인 게 많았는지 이런저런 불만을 털어놓은 남종현과의 면담을 뒤로하고 송은진을 만나러 가는 내내 송 차장은 입을 다물고 있었다.

사실 입이 열 개라도 할 말이 없었다.

남종현을 만나기 직전까지만 해도 유빈에게 오바한다며 핀잔을 준 그였다.

하지만 유빈은 전혀 개의치 않는 표정으로 말을 걸었다.

"차장님, 이번 주 금요일 오전에 나비로이 영업팀 전부를 본사로 부를 수 있을까요?"

"어? 이번 주 금요일에? 오전만 들어와야 한다면 가능하겠지. 우리 회사 직원만이지?"

"아니요. 성국약품 MR도요."

"그쪽까지?"

"네. 저는 개인 간의 문제라고 생각했는데 남 대리님의 말을 듣고 나니까 전반적으로 팀워크를 재고할 필요가 있을 것 같아서요."

"어떻게 하려고."

"그건 저한테 맡겨 주세요."

"알았어. 성국약품 담당자하고 이야기하고 확답 줄게."

"알겠습니다."

"그리고…… 미안하다. 이런 일은 내가 먼저 발견했어야 했는데……."

아무리 유빈과 개인적인 친분이 있다고 해도 직급으로는 유빈이 상급자였다. 운전을 하고 있기는 했지만, 송 차장은 유빈을 똑바로 쳐다보지 못했다.

"지금이라도 알았으니까 괜찮습니다. 마음 쓰지 마세요. 차장님도 다른 회사와 이런 방식으로 협업하는 건 처음이잖아요. 그리고 차장님이 영업팀도 아니고 마케팅팀도 아니잖아요."

"말이라도 그렇게 해줘서 고맙다."

"정말입니다. 앞으로 문제가 생기면 한 가지만 기억하시면 돼요. 답은 항상 현장에 있어요. 책상에서 컴퓨터를 아무리 들여다봐도 나오지 않죠."

"앞으로는 영업팀에 더 신경 쓸게."

송 차장은 유빈이 승승장구하는 이유를 조금이나마 알 수 있었다. 유빈은 단지 능력만 좋은 사람이 아니었다. 주변 사람을 아우를 수 있고 다른 사람의 의견을 경청할 수 있는 넓은 마음의 소유자였다.

지, 덕, 체를 겸비하고 있으니 승진은 당연한 것이었다.

분당에서 만난 송은진은 남종현과는 달리 불만이 없었다.

"다른 분들한테 성국약품 직원들과 같이 일하는 게 힘들다는 이야기는 듣기는 했어요. 근데 저는 괜찮아요."

"은진 씨는 왜 괜찮은 것 같나요?"

유빈이 심리상담사같이 질문을 던지자 그녀가 배시시 웃었다.

"네? 헤헤. 글쎄요."

상대는 제네스 영업의 전설이었다.

영업을 일 년도 채 하지 않고 베스트 MR이 돼서 마케팅 프로젝트 매니저로 승진.

불가능해 보였던 피임약 복용률 프로젝트를 대성공시키고 곧바로 아시아 BD 매니저로 스카우트 된 전설적인 인물이 눈앞에 앉아 있었다.

하지만 유빈은 그녀가 그려 왔던 이미지와는 전혀 달랐다. 성공을 향해 달려갈 것만 같은 차도남의 이미지하고는 전혀 다른 부드러운 사람이었다.

"괜찮아요. 생각나는 대로 말씀해 보세요."

"으음…… 잘은 모르겠는데. 저하고 한 팀인 성국약품 김창준 주임님은 영업 경력도 5년이나 되셨고 저는 이제 일 년

밖에 안 되었거든요. 그리고 비뇨기과도 주임님이 잘 아시니까 저는 서포트를 주로 했어요. 주임님이 계획을 짜면 제가 도와주고 그런 식으로요…… 이게 맞나?"

"아니, 그래도 우리 회사 제품을 파는데 서포트를 하면 어떡해요? 주도적으로 해야죠."

성격을 못 이기고 송 차장이 다시 껴들었다.

"차장님, 잠시만요."

"아, 죄송합니다."

"은진 씨가 말한 게 정답인 것 같네요. 김창준 씨와 사이는 좋죠?"

"그럼요. 영업하는 방법도 많이 가르쳐 주시고 국내 회사는 잘 몰랐는데 이야기 많이 해주셔서 이번에 잘 알게 된 것 같아요."

유빈이 힘차게 고개를 끄덕였다.

두 사람과의 면담만으로도 실적 차이가 나는 이유를 정확히 알 수 있었다.

성국약품의 임우종은 조금은 어색한 표정으로 제네스 코리아 본사 건물을 둘러봤다. 혹시나 아는 사람이 없나 찾아보는데 먼저 그의 이름을 부르는 사람이 있었다.

"여, 임 주임!"

"선배님, 안녕하세요! 다른 회사 안에서 보니까 조금 어색하네."

"그렇지? 나도 그래. 세계 최고 제약회사라고 해서 특별한 거라도 있나 했는데 우리 회사하고 별 차이도 없네."

"왜 없어요. 주변을 한 번 둘러보세요."

"뭐, 뭐가 다른데?"

"여성 분들이 많아서 화사하잖아요."

"쩝, 그건 그렇다. 그래도 난 남자하고 일하는 게 좋다. 여자는 너무 똑똑해."

"하하, 그런데 오늘 갑자기 무슨 교육이에요?"

"나도 잘 모르겠네. 제네스 영업팀하고 같이 교육 듣는다는데?"

"에이, 무슨 교육을 또 하는 거야? 남종현하고 마주치면 껄끄러운데. 빨리 끝났으면 좋겠네요."

"어, 저기 김 과장님이다. 대전에서 올라오셨나 보네. 과장님!"

3층 대강당에 50명 정도 되는 인원이 속속들이 자리를 채웠다.

자연스럽게 성국약품과 제네스 직원이 양쪽으로 나누어졌다. 두 회사 직원 중에는 서로 반갑게 인사를 나누는 사람도 있었지만, 전반적인 분위기는 잠실야구장에 모인 LG 트윈스와 두산 베어스의 응원단처럼 보이지 않는 벽이 두 집단 사이를 가로막고 있었다.

"아, 아. 마이크 테스트. 아. 그럼 곧 교육을 시작하겠습니다. 모두 자리에 앉아주시기 바랍니다."

장내가 얼추 정리되자 송 차장이 소개와 함께 마이크를 유빈에게 넘겼다.

"오늘 이 시간을 책임져 주실 분은 여러분이 담당하고 있는 나비로이 아시아 총괄 책임자이자 코마케팅과 NEVA를 기획한 제네스 아시아 본부 BD 매니저 김유빈 씨입니다."

호기심 어린 눈빛과 함께 작은 박수가 단상 앞에 서는 유빈을 맞았다.

소개된 멘트에 비해 의외로 젊고 훤칠한 남자가 자리를 잡자 특히 성국약품 쪽에서 작은 수군거림이 번졌다.

"안녕하세요. 김유빈입니다. 바쁘신 시간에 이렇게 참석해 주셔서 감사합니다. 제가 이 자리를 마련한 이유는 두 가지입니다. 먼저 첫 번째 슬라이드를 보시죠."

유빈은 인사와 함께 곧바로 본론으로 들어갔다.

6월까지의 나비로이 매출 그래프였다. 수군거림이 조금

더 커졌다. 성국약품뿐만 아니라 제네스 쪽도 마찬가지였다.

"눈에 띄는 점이 있나요?"

아무런 대답이 들려오지 않았다.

"그럼 다음은 제가 한국에 와서 미리 입수한 7월 DDD 자료로 만든 그래프입니다."

7월 DDD 자료라는 말에 사람들의 집중도가 확 올라갔다.

다음 슬라이드 화면에서 성장세가 확연히 꺾인 모습을 볼 수 있었다.

자신이 만든 자료지만 안소영은 발표하고 있는 유빈에게 속으로 찬사를 보냈다. 6월 매출 자료의 이상한 점을 발견하고 단발적인 이유 때문이 아닌 것 같다고 주장한 사람은 유빈뿐이었다.

이제 갓 나온 따끈따끈한 7월 자료는 유빈이 옳았음을 증명해 주고 있었다.

"어떤가요? 이제 보이시나요? 성장세가 줄어들고 있죠. 뭔가 문제가 생긴 것 같네요. 아직도 모르시겠나요?"

유빈이 들고 있던 포인터를 누르자 다른 그래프가 겹쳐졌다.

"이 그래프는 아시아 각국의 나비로이 매출 추세입니다. 어느 한 나라도, 최근 리베이트 사건을 겪은 중국마저 성장률이 지난달보다 줄지 않고 있습니다. 그런데 한 나라만 그렇지 않군요."

그제야 청중인 영업팀도 굳은 표정이 되었다.

아직 7월 DDD를 보지 못했기 때문에 각각의 팀 실적은 알 수 없었지만, 총 매출로 대략적인 추세를 알 수 있었다.

"왜 이런 결과가 나왔을까요? 나비로이의 홍보는 그 어느 때보다 잘되고 있습니다. 마케팅? 제가 살펴봤지만, 문제가 없는 것 같습니다. 이미 제가 무슨 말을 할지 예상하신 분도 계시겠죠. 맞습니다. 문제는 바로 여러분한테 있습니다."

아무리 매출이 좋지 않아도 이렇게 대놓고 영업팀을 탓하는 책임자는 없었다.

유빈의 직설적인 말에 몇몇 얼굴에 불쾌한 표정이 그대로 드러났다. 강단 안의 분위기가 순식간에 무거워졌다.

송 차장과 성국약품의 담당 과장도 난감한 표정이 되었다. 쉽게 수습될 분위기가 아니었다.

지금 태연한 사람은 단상에서 사람들을 둘러보고 있는 유빈뿐이었다.

"모든 분에게 문제가 있다는 건 아닙니다."

유빈은 영업팀의 눈빛을 그대로 받았다.

자신에게 문제가 있다는 것을 인식조차 못 하고 있다면 변화는 아예 기대할 수 없었다.

유빈의 도발은 느슨했던 강당의 공기를 팽팽하게 만들었

다. 대충 시간만 보내고 가려던 직원조차 좋은 의도든, 아니
든 유빈의 다음 말을 기다렸다.

"다음 슬라이드를 보시죠. 런칭 후 지금까지의 지역별 매
출 자료입니다. 담당 지역과 MR의 이름은 프라이버시도 있
으니까 지웠습니다. 대신 이름 칸에 MR의 영업 경력을 넣었
습니다. 어떻습니까? 패턴이 보이시나요?"

다들 이런 종류의 자료는 처음인 모양이었다.

이름을 지웠다지만, 눈을 작게 뜨며 자신의 지역을 찾는
사람도 보였고 유빈의 말대로 영업 경력과 실적의 상관관계
를 분석하는 사람도 있었다.

아직 유레카를 외치는 사람은 없어 보였다.

유빈은 침착하게 발표를 이어 갔다.

"보시면 아시겠지만, 비뇨기과에서 유독 실적이 낮은 지
역은 제네스의 영업 베테랑과 성국 약품의 베테랑이 한 팀으
로 묶인 경우가 대부분입니다. 그렇죠?"

자료가 떡하니 눈앞에 버티고 있으니 부정할 수가 없었다.
5년 이상 영업일을 한 직원이 모인 팀의 실적은 평균 이하를
맴돌았다.

"그럼 베테랑 팀 중 한 팀을 골라 팀원 두 분의 실적을 나
누어서 살펴보겠습니다. 제네스 MR은 산부인과에서 나비
로이의 실적 그리고 성국 약품 MR은 비뇨기과에서 자토스

의 실적입니다. 어떤가요? 두 분 다 중위권 이상은 하고 계시네요."

"아, 진짜네……."

"신기할 정도로 잘 맞네……."

안 맞는 경우를 찾기 위해 눈알 굴러가는 소리가 들렸지만, 입으로 나오는 소리는 없었다. 베테랑으로만 된 팀이 실적이 낮다는 사실에 다들 놀란 눈치였다.

"각자 근무할 때는 누가 봐도 보통 이상 실적을 내시는 두 분입니다. 그런데 이상하죠? 개인적으로 영업할 때는 실적이 좋은데 두 분이 한 팀으로 일하니까 최하위권을 달리고 있네요."

유빈은 첫 번째 예를 든 팀에 이어 베테랑으로만 이루어진 또 다른 팀을 하나하나 분석했다. 청중들도 패턴이 보이자 점점 웅성거리기 시작했다.

"패턴은 같습니다. 매출 상위권에 포진된 팀이 하나도 없습니다. 예외가 없네요. 그럼 이번에는 반대의 예를 들어 볼까요? 보시죠. 영업 경력 7년 차의 제네스 베테랑과 성국 약품 2년 차 MR이 만났습니다. 실적이 어떤가요? 상위권입니다. 반대의 경우도 볼까요? 이번에는 성국 약품 MR이 베테랑입니다. 더 말할 필요도 없네요. 실적이 최상위권을 달리고 있습니다. 상관관계가 보이죠. 자, 이 자료를 어떻게 해석

해야 할까요?"

여전히 대답은 없었지만, 딴청을 피우는 사람은 없었다. 사람들의 흥미를 유발하고 집중시키는 유빈의 프레젠테이션 스킬은 경지에 이르러 있었다.

영업팀에 문제가 있다는 유빈의 발언에 불만이 있던 사람도 지금의 자료에는 반박하지 못했다.

조용한 가운데 유빈의 발표가 이어졌다.

"아폴로 신드롬이라는 현상이 있다고 합니다. 뛰어난 인재만 모아서 팀을 만들면 오히려 성과가 낮게 나타나는 현상이라고 하죠. 아폴로 팀에 속한 인재들은 자신의 의견을 고집하고 다른 사람에게 설득당하지 않는 특징이 있다고 합니다. 당연히 팀워크는 엉망이고 결과물은 기대 이하였죠."

유빈이 다시 청중을 둘러봤다.

"몇몇 분들이 제 눈을 피하시네요. 여러분. 제네스와 성국약품이 코마케팅으로 어렵게 한 팀이 되었습니다. 바로 여기 있는 여러분이 그 한 팀입니다. 그런데 여기서 여러분이 앉아 있는 것만 봐도 한 팀으로 보이지는 않네요. 자리를 정해 놓지도 않았는데 모세가 홍해를 가른 것처럼 가운데 줄은 비워 놓으셨네요."

섞어서 같이 앉아도 뭐라고 할 사람이 없었다.

사람들은 자기도 모르게 상대방 회사와 선을 긋고 있었다.

유빈이 지적하고 있는 것은 바로 그런 경직된 사고였다.

"외국의 유명한 회사 건물 중심부에는 각 부서의 사람들이 섞여서 이야기를 나눌 수 있는 장소가 있다고 합니다. 휴게실일 수도 있고 계단인 경우도 있죠. 이유가 뭘까요? 부서 안에서 해결이 안 되는 문제도 다른 부서 사람과 이야기하다 보면 새로운 아이디어를 얻어 돌파구를 마련하는 경우가 많다고 합니다. 제가 처음에 코마케팅을 기획했을 때 생각했던 효과입니다."

문제점을 하나씩 짚어 가는 유빈의 발표에 영업팀뿐 아니라 각 회사의 코마케팅 책임자인 송 차장과 김 과장도 고개를 똑바로 들지 못했다.

"제가 여러분에게 문제가 있다고 한 것은 후배들을 좋은 방향으로 이끌어 가야 할 베테랑 선배들이 오히려 편을 가르고 협업을 망치고 있기 때문입니다. 아폴로 팀처럼 자신의 영업 방식만 고집하고 상대방을 인정하지 않으니 실적이 잘 나올 리가 없죠. 지금까지는 런칭 때문에 어느 정도는 나왔지만, 시간이 지날수록 협업이 잘되는 팀과 실적이 벌어질 겁니다. 제 생각이 틀릴까요? 아니라고 생각하는 분은 반대 의견을 내셔도 됩니다. 저는 어떤 의견이든 들을 준비가 되어 있습니다."

고요한 가운데 성국약품 진영에 앉아 있던 직원이 분에 찬 표정으로 손을 들었다.

"성국약품 김종원 대리입니다. 말씀은 잘 들었습니다. 그런데 수년간 해온 영업 방식이 있는데 그걸 어떻게 하루아침에 바꾸겠습니까? 그리고 영업하다 보면 실적이 잘 나올 때도 있고 아닐 때도 있는 건데 너무 단정하는 건 아닌가요?"

"김 대리님. 의견 내주셔서 감사합니다. 같은 생각을 하고 계신 분이 많겠죠? 저도 이해합니다. 오랫동안 영업을 한 직원일수록 스타일을 갑자기 바꾸는 게 힘들 거로 생각합니다. 그리고 역시 말씀하신 것처럼 잘되는 해가 있고 안 되는 해도 있죠. 하지만 지금 보여 드린 자료를 봐서는 원인과 결과가 너무 명확합니다."

유빈은 강하게만 분위기를 이끌어 가지 않았다.

누구를 탓하려고 만든 자리가 아니었다. 문제를 해결해 나비로이의 매출 증가가 계속될 수 있게 하는 것이 그의 목표였다.

"김 대리님과 같은 생각을 하고 계신 분이 있다면 묻고 싶군요. 여러분은 실적이 잘 나오지 않는데 기존의 영업 방식을 고수하실 건가요? 실적이 생각처럼 잘 나오지 않는다면 변화를 줘야겠죠. 변화가 없는 영업 방식은 반드시 한계에 맞부딪치게 되죠. 김 대리님은 어떻습니까? 일하신 지 몇 년이 되셨죠?"

"······7년 차입니다."

"7년 차 정도면 영업팀에서 차석 정도의 위치죠?"

"그렇습니다."

"김 대리님은 영업하면서 그동안 한계를 느낀 적이 있나요? 다른 말도 좋습니다. 매너리즘이나 슬럼프 모두 같은 의미죠."

"뭐······ 없다고 하면 거짓말이겠죠."

"그렇군요. 이유가 뭘까요? 매년 반복되는 업무? 계속 '을'로서 일해야 하는 처지? 이제 막 들어온 신입사원이 베스트 MR이 돼 버리는 것에 대한 허무함? 지금까지 내가 쌓아 온 경험은 뭐지? 이런 생각이 겹치면서 마음이 한없이 가라앉겠죠."

자신의 마음을 꿰뚫고 있는 유빈의 이야기에 김 대리의 표정이 누그러졌다.

몇 년 이상 일한 영업사원이라면 한 번쯤은 생각해 봤을 만한 문제였다.

"김 대리님뿐만 아니라 같은 생각을 하고 계신 분들이 있다면 이번 코마케팅을 그냥 넘기지 마십시오. 두 회사의 협업은 여러분이 가지고 있는 영업 방식의 틀을 깰 좋은 기회입니다. 다른 MR이 의사 선생님 앞에서 디테일하는 모습을 바로 옆에서 본 일이 얼마나 있나요? 신입사원 때 말고 그런 기회가 있나요?"

처음보다 조금 더 많은 사람이 유빈의 질문에 반응했다. 조용히 고개를 흔드는 사람도 있었고 남한테 들리지 않게 '아니오'라고 말하는 사람도 있었다.

"이 사람은 이런 식으로 디테일하는구나. 오호, 의사 선생님이 이런 식으로 반응하네? 자신은 항상 같은 식으로 영업했기 때문에 몰랐던 부분을 확인할 수가 있습니다. 몰랐던 부분을 아는 것이 시작입니다. 변화의 시작이죠. 매너리즘? 한계? 슬럼프? 매번 새로운 접근 방식을 고민하는 MR에게는 찾아올 틈이 없습니다."

유빈의 발표는 점점 영업에 대한 강연처럼 변하고 있었다.

"혼자서 변화하려면 힘들 수 있습니다. 하지만 변화하려는 마음이 있다면 지금 여러분에게 주어지는 자극을 회피하거나 거부하지 마십시오. 여러분, 시야가 넓어지려면 어떻게 해야 합니까? 네, 경험을 많이 해야 하죠. 책으로 간접 경험을 하든 실제로 여행을 떠나든 많은 것을 보고 느낄수록 그 사람의 시야는 넓어집니다. 영업도 마찬가지입니다. 여러분이 영업하면서 다른 제약회사 직원과 깊은 이야기를 나눌 기회가 있을까요? 이번 기회가 앞으로의 영업 경력에 큰 도움이 될 수도 있다는 것을 명심하셨으면 좋겠습니다."

"매번 스케줄 조정하기가 쉽지 않아서 같이 원장님을 만나는 일이 말처럼 쉽지는 않습니다."

제네스 쪽에서 의견이 올라왔다.

유빈은 허공에서 기세를 겨루고 있던 자신과 청중의 오라가 조금씩 섞이는 모습을 볼 수 있었다.

"의견 감사합니다. 이건 제 개인적인 의견입니다. 횟수가 적더라도 나비로이를 디테일할 때는 같이 들어가십시오. MR이 의사의 기억에 남기 위해 해야 하는 것이 있죠? 네, 그렇습니다. 바로 차별화입니다. 다른 MR과 다를 바가 없으면 처방 역시 끌어낼 수 없습니다. 그런데 두 사람이 한꺼번에 의사를 만난다고 생각해 보십시오. 의사는 어떻게 생각할까요? 다른 회사의 MR이 손을 잡고 한 제품을 디테일링 하는 곳이 우리 말고 또 있습니까? 차별화가 자연스럽게 됩니다."

'손을 잡고'란 말에 곳곳에서 헛웃음이 터졌다.

하지만 영업하는 사람이라면 유빈의 말이 맞는다는 것을 알고 있었다. 수많은 영업사원 중 자신을 특별히 기억하게 하는 것은 쉬운 일이 아니었다.

"그냥 드리는 말씀이 아닙니다. 나비로이 실적이 잘 나오는 팀은 실제로 같이 의사 선생님을 많이 만납니다. 그렇죠?"

"네."

"맞습니다!"

"처음으로 시원하게 대답이 나왔네요. 고맙습니다. 조금 다른 이야기를 해보죠. 코마케팅의 다른 장점을 말씀드리겠습니다. 여러분은 어떤 목표를 가지고 있습니까? 여기 계신분 중에서는 영업이 적성에 잘 맞아서 천직이라고 생각하는케이스도 있을 거고 내근 부서를 목표로 하는 분도 있을 겁니다. 이번 나비로이 코마케팅 안에 그 기회가 있습니다."

영업팀은 '이건 또 무슨 소리야'라는 표정으로 유빈의 입을주목했다. 처음과는 달리 기대가 담긴 표정이었다.

대부분은 막연하게 비뇨기과에서 나비로이를 빨리 안착하게 하도록 코마케팅을 도입한 줄 알고 있었다. 그랬던 코마케팅이 영업팀 직원 개개인에게도 도움이 될 수 있다는 사실은 단순히 회사에서 시켜서 하는 일이라서 따르는 게 아니라조금 더 적극적인 마인드를 갖게 해주었다.

"예전에는 영업사원의 영업력이 실적을 좌우할 때도 있었습니다. 하지만 이제는 협업의 시대입니다. 마케팅, 메디컬,홍보부의 도움을 잘 활용하고 끌어낼 수 있는 사람이 좋은실적을 낼 수 있습니다. 코마케팅은 여러분의 그런 능력을단적으로 보여 줍니다. 제네스 직원이라면 NEVA 평가항목에 협업이 들어가 있습니다. 협업 능력이 뛰어난 것이 입증되면 내근 부서에서도 그 직원을 눈여겨볼 겁니다."

몇몇 여자 직원은 유빈의 말을 받아쓰기까지 하고 있었다.유빈의 시선이 성국약품으로 향했다.

"여러분은 지금 직장을 평생직장이라고 생각하시나요? 물론 성국약품은 좋은 회사입니다. 국내 제약회사 중 몇 안 되는, 영업사원을 우대하는 회사죠. 그럼에도 불구하고 여러분이 커리어를 쌓으려면 가치를 증명해 부서를 옮기거나 이직을 하면서 자신의 몸값을 올려야 합니다. 평생직장? 이제는 희박해지고 있는 개념입니다. 제약회사는 더하죠. 회사 간 이직은 자연스러운 현상입니다."

조금은 위험한 유빈의 발언에 송 차장이 성국약품 김 과장의 눈치를 슬쩍 살폈다. 하지만 그 역시 유빈의 말에 집중하고 있는 모습이었다.

유빈의 말이 이어졌다.

"그런데 이직을 하기 위해서 가장 중요한 요소는 무엇일까요? 실적? 실적도 중요하지만, 그보다 더 중요한 것은 '추천'입니다. 여러분도 아시겠지만, 제약회사에서는 외부 공고를 내기 전에 내부 공고를 먼저 합니다. 내부에서도 사람이 없으면 현재 직원에게서 추천을 받죠. 제가 무슨 말을 하고 싶은지 아시겠죠? 의사에게 하는 영업이 전부가 아닙니다."

유빈이 마지막 슬라이드를 띄웠다.

'Q&A'라는 검은색의 글자가 흰색 바탕의 중간에 올라왔다.

"솔직히 말씀드리면 제 목적은 나비로이의 매출을 증대시키는 겁니다. 다만, 여러분에게 단순히 실적 때문에 코마케팅에 집중해 달라고는 하기 싫었습니다. 제가 오늘 두서없이 드린 말이 여러분에게 도움이 되었으면 좋겠네요. 그럼, 질문 받겠습니다. NEVA, 코마케팅, 나비로이 어떤 주제도 상관없습니다."

제네스의 여직원이 손을 들었다.

"오늘 교육은 이걸로 끝인가요?"

"제 이야기가 지루하셨던 모양이네요. 하하. 아직 끝나지는 않았습니다. 제시간이 끝나면 여기 계신 여러분 모두 MBTI 검사라는 걸 하시게 될 겁니다. 해보신 분도 있겠지만, 오늘 이 검사를 하는 이유는 같은 팀 동료의 성향을 알기 위해 마련한 시간입니다."

"아니요. 그래서 물은 게 아니고요. 아쉬워서요. 저는 매니저님의 발표를 듣는 내내 제 이야기 같아서 놀랐습니다. 저는 지금 2년 차 직원이지만, 같이 일하는 성국약품 서진국 주임님한테 도움도 많이 받고 여러 가지 배우고 있습니다."

"아, 그렇게 들어 주셔서 고맙습니다. 제가 오해했네요."

유빈이 웃으며 고개를 숙였다.

하지만 중요한 건 오늘 발표의 목표인 베테랑들의 반응이었다.

"한 가지 더. MBTI 검사를 마치고 결과까지 살펴본 후에는 신청을 받겠습니다. 지금 팀원하고 도저히 같이 일하지 못하겠다는 분은 따로 말씀해 주십시오."

여직원의 질문으로 밝아졌던 대강당의 분위기가 유빈의 마지막 발언으로 다시 혼란에 빠졌다.

"질문 더 없으신가요? 그럼 여기서 마무리……."

"저, 오늘 주제와는 상관없는 질문인데…… 괜찮을까요?"

유빈이 Q&A를 마무리하려는데 이번에는 성국약품 쪽 남자 직원이 손을 들었다.

우리나라처럼 질문을 잘 하지 않는 문화에서 질문이 있다는 것 자체가 강연에 대한 반응을 대변하고 있었다.

유빈이 살짝 미소 지으며 고개를 끄덕였다.

"네, 괜찮습니다."

"조금 전에 BD 매니저님의 커리어를 듣고 사실 충격을 받았습니다. 저와 같은 나이인데 잘나가셔서 솔직히 질투도 나고요."

직원의 솔직한 말에 여기저기서 웃음이 터졌다.

"저는 친구가 외자사에 근무하고 있어서 이런저런 이야기를 자주 듣는데요. 제가 궁금한 건 외국계 제약회사는 한국 지사에서 근무를 시작하면 되면 글로벌 직급으로 승진하기가 하늘의 별 따기라고 들었습니다. 의약 계통 전공자도 아니라고 들었는데 매니저님께서는 어떤 비결이 있어서 그 일이 가능했는지 궁금합니다."

"질문 감사합니다. 음, '교과서 위주로 공부했습니다.' 같은 대답을 드리면 도움이 안 되겠죠?"

분위기는 가벼웠지만, 많은 사람의 오라가 정말로 유빈의 비결(?)을 궁금해하고 있다는 걸 보여 주고 있었다.

"좋습니다. 우선은 제가 영업할 때 했던 몇 가지 예를 들어 보죠. 저는 회사가 끝나면 프레젠테이션과 엑셀 학원에 다녔습니다. 이 두 가지가 중요한 건 여러분도 다 아시겠죠? 그리고 원룸을 처방이 가장 많이 나오는 대학병원 길 건너편에 잡았습니다. 걸어서 5분 거리였죠."

'말도 안 돼, 심했다.' 같은 말들이 반사적으로 튀어나왔다. 하지만 유빈의 다음 질문에 강당은 다시 고요해졌다.

"저는 여성건강사업부 소속이었기 때문에 의대에서 공부하는 산과학과 부인과학 서적을 열 번 이상 읽었습니다. 의사와 제대로 소통하기 위해서죠. 설마 이 정도 각오나 행동도 없이 남들보다 성공하고 싶은 건 아니겠죠? 정말로 남들보다 뛰어난 실적을 내고 싶다면 여기까지는 기본 중의 기본입니다."

가볍게 질문했던 성국약품 직원의 얼굴도 진지해졌다.

기본이란다.

벌써 사람들의 마음에는 유빈이 그냥 성공한 게 아니라는 생각이 자리 잡았다. 동시에 과연 자신은 '기본은 하고 있는가'라는 질문을 하지 않을 수가 없었다.

"기본에 충실한 것 말고는 딱히 비결은 없지만, 아, 이렇게 말하니까 정말로 '교과서로만 공부했어요'라고 하는 것과 다를 바가 없네요. 흐음, 지금 생각해 보면 영업을 하면서 세 가지는 절대 놓치지 않은 것 같습니다. 첫 번째는 목표입니다."

유빈이 물을 마시며 말하는 타이밍을 조율했다.

"저는 제네스에 입사한 이유가 있습니다. 가족과 관계된 사연이 있죠. 입사할 때는 딱히 목표가 없었습니다. 입사 자체가 목표였죠. 그런데 신입사원 교육을 받으면서 목표가 생겼습니다. 그 목표는 제네스 글로벌 CEO였습니다."

유빈은 황당하게 변하는 청중들의 표정을 지켜봤다.

신입사원 교육을 받으면서 지사 사장도 아니고 글로벌 CEO를 목표로 삼다니.

누구에게 털어놓기 힘들 정도로 비현실적인 목표였다.

"황당하죠? 하지만 남들이 어떻게 생각하든 저는 가능하다고 생각했습니다. 지금은 어떻습니까. 제가 여러분께 '제 목표는 글로벌 CEO입니다.' 이렇게 말하면 아직도 황당하게 느껴지십니까? 저는 그 목표에 조금씩 다가가고 있습니다. 실제로 마크 램버트 CEO와도 여러 번 만났습니다. 심지어는 뉴욕 본사에서 그와 논쟁도 벌였죠. 믿어지십니까?"

영업팀 직원들은 물론이고 강당 안에 있는 관계자 모두 유빈의 흥미로운 이야기에 빠져들기 시작했다.

"그만큼 목표는 중요합니다. 조금 전에 하늘의 별 따기라고 하셨죠? 그건 불가능한 일이잖아요. 제가 세운 목표는 절대 불가능한 일이 아닙니다. 자신을 믿으세요. 음, 그리고 두 번째는 영업사원의 한계에 관한 생각이었습니다. 말이 조금 어렵죠? 제 말뜻은 영업사원이 역할 범위를 정의하는 겁니다. 병원에서 의사를 만나 디테일하고 발표하고 처방을 유도하는 일. 그게 MR이 하는 일의 전부라고 생각하는 사람이 뜻밖에 많더군요. 여러분은 어떠신가요?"

사람들은 오히려 유빈의 말이 뜻밖인 모양이었다.

MR이 하는 일이 병원에서 의사를 만나고 처방을 유도하는 일이 주 업무인데 그걸 유빈은 뜻밖이라고 하고 있었다.

"우리는 신입사원 때, 처방을 유도하려면 의사의 핫버튼을 누르라고 배웁니다. '어떤 의사는 약의 부작용을 중요시하니까 그 부분에 집중해라.' 이런 교육을 받죠? 그런데 현실에서 영업하는 데 도움이 되었나요? 물론 이렇게 해서도 어느 정도의 실적은 낼 수 있습니다. 하지만 지금 저한테 원하는 것은 어느 정도의 실적이 아니잖아요. 입을 딱 벌리게 만들 실적을 내려면 약품 디테일로는 한계가 있다는 뜻입니다."

"저, 구체적인 예나 방법을 말씀해 주시면 안 될까요?"

유빈이 말하는 사이에 잠깐 틈을 두자 이어지는 질문이 들어왔다.

사실 MR이 되어도 인사나 CSD(Call Script Description, 방문 대화 연습) 그리고 디테일링과 같은 기본 말고는 효과적으로 영업하는 방법을 가르쳐 주지 않는다. MR 스스로 경험하면서 자신의 영업 방법을 만들어 갈 수밖에 없는 게 현실이었다.

그런 현실에서 유빈의 이야기는 사막의 오아시스 같은 내용을 담고 있었다. 그건 회사 교육부도, 선배도 가르쳐 주지 않은 살아 있는 영업이었다.

"저는 C급 병원으로 분류되는 병원을 A급으로 만드는 노력을 꾸준히 했습니다. 그러기 위해서 원장님과 병원이 변화할 수 있도록 도와드렸습니다. 병원에 환자가 찾아오기만을 기다리던 원장님을 대학교 축제에서 상담하게 하였고 병원 컨설턴트를 직접 찾아가 섭외하기도 했습니다. C급 병원일 때는 약품의 처방량이 한 달에 열 개 이하였지만, 변화한 후에는 100개의 처방이 나왔습니다. 그럼 1,000% 성장인가요?"

유빈이 다시 한 번 목을 축였다.

그도 이야기하다 보니 영업할 때의 일이 주마등처럼 스쳐 지나갔다.

지금 전 세계를 돌아다니면서 하는 일도 재미있지만, 사랑 산부인과를 성장시키기 위해 노력했던 일은 정말 즐거웠다.

잠시 추억에 젖었던 유빈이 다시 힘차게 답변을 이어 갔다.

"자, 이제 마지막이네요. 세 번째는 자존감입니다. 아시겠 지만 영업이라는 일은 매우 고된 일입니다. 감정 노동이죠. 특히 우리나라에서처럼 영업을 얕보는 사고가 깔려 있는 나 라에서는 더욱 그렇습니다. 그래서 저는 오랫동안 영업일 하 신 분들을 존경합니다."

유빈이 영업팀의 베테랑들을 쳐다보면서 살짝 고개를 숙 였다. 그들 역시 초반과 비교해 딱딱했던 표정이 많이 풀어 져 있었다.

"건강하게 롱런하기 위해서는 꼭 지켜야 할 것이 있습니 다. 바로 자기 자존감을 잃지 않는 것입니다. 처음 영업을 하 면 자신을 죽이고 상대에게 완전히 맞추려는 경향이 있습니 다. 일시적으로는 실적이 좋을 겁니다. 하지만 계속 그렇게 일하다가는 자신이 먼저 지칩니다."

이어지는 유빈의 말에 베테랑뿐만 아니라 청중들 대부분 이 고개를 끄덕였다.

"제가 아는 어떤 영업 팀장님은 식당에 가면 꼭 메뉴판에 없는 음식을 주문합니다. 식당에서 난감한 표정을 지으면 '하면 되지. 불가능할 게 어디 있어!' 이런 말을 합니다. 오랫 동안 자신을 죽이고 영업을 해온 부작용이죠. 의사가 아닌 다른 사람한테 갑질을 하게 되는 것입니다. 여러분은 어떻습니까? 종일 의사의 말을 경청하고 집에 가면 부모님을, 아내를 어떻게 대합니까? 자기 자신을 죽이고 일한 사람일수록 누구보다 소중한 가족에게 함부로 대할 겁니다."

유빈은 많은 사람의 오라가 흔들리는 걸 볼 수 있었다. 그만큼 유빈의 말이 그들의 폐부를 찌르고 있었다.

"자존감을 지키고 영업하세요. 그래야 자신을 지킬 수 있습니다. 세 번째가 마지막이라고 했는데 정말 마지막으로 한 말씀만 드리고 마무리하겠습니다. 여러분은 행운아입니다. 영업일을 경험한 사람과 그렇지 않은 사람은 천지 차이입니다. 사업할 때도, 연애를 할 때도, 결혼 생활에서도 영업을 적용하면 여러분은 반드시 성공할 겁니다. MR이 하는 일이 무엇입니까? 의사가 원하는 것을 알아채서 들어주는 것 아닙니까? 왜 의사에만 이 대단한 능력과 경험을 국한합니까? 제가 승진한 이유도 마찬가지입니다. 질문에 대한 답변이 되었나 모르겠군요."

유빈이 질문한 성국약품 직원을 웃으며 쳐다봤다.

"안 물어봤으면 큰일 날 뻔했다는 생각만 들었습니다. 열정적인 답변 정말 감사합니다. 많이 배웠습니다."

"제가 감사하죠. 자, 그럼 여기서 제 시간은 마무리하겠습니다. 들어 주셔서 감사합니다."

유빈의 인사에 우레와 같은 박수가 끊이지 않고 이어졌다. 처음의 작은 박수와는 비교도 안 되는 강도였다.

끊이지 않는 박수 속에서 송 차장이 단상으로 올라갔다.

"비록 저는 영업팀은 아니지만 제 심장을 뛰게 할 만큼 피와 살이 되는 이야기였던 것 같습니다. 처음에 김 매니저님도 강연을 계획하신 건 아닌데 하다 보니까 그렇게 되어 버렸네요. 불같은 강연에 다시 한 번 감사드립니다."

송 차장의 인사에 끊어졌던 박수가 다시 이어졌다.

"자, 그럼 지금부터 15분간 휴식 시간을 갖겠습니다. 그리고 다시 앉으실 때는 회사끼리가 아닌 나비로이 팀원끼리 앉아주시기 바랍니다. 심리상담연구소에서 나오신 전문상담사님과 함께 MBTI 성격 유형 검사를 진행하겠습니다."

송 차장의 말이 끝나자 담배를 태우러 일어서는 사람도, 화장실로 향하는 사람도 있었지만 남아서 강연의 여운을 느끼는 사람도 있었다. 유빈에게 직접 찾아가 하고 싶었던 질문을 하는 직원도 있었다.

송 차장이 유빈에게 다가왔다.

"김 매니저님. 훌륭한 강연이었습니다."

"차장님, 갑자기 왜 존댓말이세요."

"아닙니다. 회사에서는 앞으로 둘만 있어도 존댓말을 쓰려고요. 오늘 듣고 느낀 게 많았습니다. 저도 솔직히 매니저님이 실력도 있지만, 운도 좋아서 그 자리에 있다는 생각을 했었습니다. 그런데 제 생각이 완전히 틀렸다는 걸 알았습니다."

"아이고, 이거 참. 차장님, 그럼 밖에서 개인적으로 볼 때는 꼭 동생으로 대해 주셔야 합니다."

"물론이죠. 매니저님!"

휴식 시간이 끝나고 바로 다음 세션이 시작되었다.

처음에 앉았던 것과는 달리 팀끼리 앉아 있어서 어색함이 감돌았지만, 유빈의 강연 덕분인지 심하지는 않았다.

전문심리상담사가 앞에서 MBTI 검사에 관하여 짧게 설명을 하고 문항지와 답안지를 돌렸다.

"결과가 나오면 본인의 성향을 파악하는 것도 중요하겠지만, 더 중요한 건 같은 팀원에게 자신의 성격 유형을 설명해 주는 겁니다. 결과가 나오면 상담사님께서 돌아다니면서 개별적으로 상담해 주겠습니다. 답안지 작성을 끝내신 팀은 먼저 손을 들어 주십시오."

MBTI는 사람의 성격 유형을 16가지로 구분한 검사로 자신뿐만 아니라 타인을 이해하는 데도 유용한 검사다.

조용한 가운데 시간이 흐르면서 한 팀씩 손을 들었다.

상담사와 함께 같은 팀원에게 자신의 성향을 설명하면서

여기저기서 웃음꽃이 피기 시작했다.

유빈은 아직도 어색하게 같이 앉아 있는 남종현과 임우종 팀에게 다가갔다.

"남 대리님, 성격 검사는 잘하셨나요?"

"네, 그럭저럭."

"임 대리님은요?"

"저도 그렇습니다."

두 사람의 대답에 유빈은 고개를 끄덕였다.

"두 분께서는 서로의 성향을 조금이나마 아셨을 겁니다. 그래도 난 도저히 상대방과 같은 팀을 하기에는 힘들 것 같다고 생각하시면 지금 말씀해 주십시오. 팀원을 바꿔 드리겠습니다."

서로의 눈치를 보던 두 사람 중 성국약품 임우종 대리가 먼저 입을 열었다.

"저는…… 이대로가 좋습니다."

"아, 그러신가요? 남 대리님은요?"

"매니저님의 이야기도 들었는데 이대로 팀을 바꿀 수는 없죠. 후배들한테 베테랑의 실력이 어떤 건가 보여 준 다음에 생각해 보겠습니다."

"그럼 두 분은…….

"네, 바로 친해지기는 힘들겠지만, 2주일에 한 번은 만나서 전략도 짜고 원장님도 같이 만나기로 했습니다."

"좋은 결정 내리셨습니다. 하반기에 두 분의 실적이 기대되네요."

"매니저님, 오늘 강연 고맙습니다. 안 그래도 요즘 고민이 많았었는데 마음을 추스를 수 있는 계기가 될 것 같습니다."

유빈이 임우종 대리가 내민 손을 꽉 잡았다.

세션이 모두 끝나고 대강당이 비워지자 송 차장이 홀가분한 표정으로 유빈에게 다가갔다.

"매니저님."

"오늘 고생하셨습니다."

"매니저님이 고생하셨죠. 저야 뭐 한 게 있나요? 그리고 최종 확인했는데 한 팀도 없습니다."

"뭐가요?"

"팀원 교체 신청을 한 팀이요."

송 차장에게 엄지를 날린 유빈이 텅 빈 대강당을 한 번 훑어봤다. 영업팀의 열기가 아직까지 느껴졌다.

유빈은 한참 동안 시선을 돌리지 못했다.

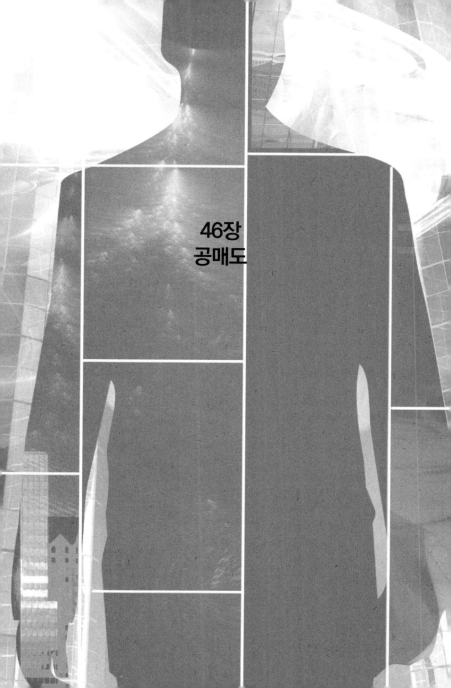

46장
공매도

해가 뉘엿뉘엿 지면서 지면을 뜨겁게 달궜던 강한 햇빛도 서서히 힘을 잃어 가고 있었다.

하지만 8월 초순의 열대야는 여전히 끈적끈적함과 열기를 선사했다.

"오빠, 덥지 않아요?"

가벼운 박스티와 적당히 짧은 반바지를 입은 주서윤이 유빈이 들고 있던 정장 자켓을 뺏어 갔다.

유빈은 삼성동 제네스 코리아 본사에서 나비로이와 코마케팅 회의를 마무리하고 바로 온 터라 미처 옷을 갈아입지 못했다.

"괜찮은데. 이 정도면 선선하잖아."

"선선하다고요? 싱가포르에 있다 와서 그런가?"

주변을 아무리 둘러봐도 이 날씨에 긴 팔 옷을 입은 사람은 유빈밖에 없었다.

깜짝 놀란 주서윤이 유빈의 와이셔츠를 살폈다. 그러고 보니 이 정도 더위라면 응당 보여야 할 겨드랑이의 땀자국조차 찾아볼 수 없었다.

내공을 익힌 무림인처럼 한서불침(寒暑不侵)의 경지까지는 아니더라도 호심법을 수행한 이후로는 주변 온도가 유빈의 몸에 영향을 거의 끼치지 못했다.

그런 사실을 알지 못하는 주서윤은 더위를 잘 타지 않는 그가 그저 부러울 따름이었다. 그녀의 기분을 눈치챈 유빈이 자신의 오라로 그녀 주위를 감쌌다.

그녀의 커다란 눈이 부드러운 초승달을 그렸다.

"아, 바람이라도 불어서 다행이에요. 이제 좀 시원하네요."

"그렇지?"

둘은 손을 잡고 탄천을 걸으며 오랜만에 한가한 산책 데이트를 즐겼다.

전화통화로 대화를 나누기는 했지만, 유빈은 샌프란시스코와 상하이에서 있었던 일들을 과장된 몸짓을 섞어 가며 재미있게 재구성했다.

"우왕, 저도 같이 갔으면 좋았을 텐데."

"다음에 갈 때는 꼭 같이 가자."

"정말이죠? 약속이에요. 호호. 그런데 오빠, 무슨 고민 있어요? 오늘 회사 일도 잘 해결되었다면서요."

"왜? 그렇게 보여?"

유빈이 걸음을 멈추고 그녀를 쳐다봤다.

"으음, 얼굴이 웃고 있기는 한데 어딘가 편해 보이지가 않아서요."

"……그게 보인단 말이야?"

"다른 사람 기분은 잘 모르겠는데 오빠는 조금만 이상해도 그냥 보여요. 사랑해서 그런가? 헤헤."

유빈은 멈췄던 발을 다시 움직이며 서윤의 손을 조금 더 세게 잡았다.

그녀도 더는 묻지 않았다.

먼저 말을 꺼낼 때까지 기다리는 그녀의 모습에 유빈은 고마움을 느꼈다.

한참을 말없이 걷던 유빈이 천천히 입을 열었다.

"오늘 말이야. 나비로이 영업팀하고 미팅했잖아."

"네."

"문제를 해결하려고 이런저런 이야기를 하다 보니까 음, 영업할 때 생각도 나고 그때가 지금보다 더 즐겁고 보람 있었다는 생각이 들었어. 지금 하는 일이 보람이 없다는 건 아닌데…… 뭐랄까. 직접 원장님들과 만나서 이야기하고 도움도 드리고 인간적인 관계를 쌓아 가는 일이 최소한 나한테는 더 큰 보람인 것 같아. 오늘 내 이야기를 들은 영업팀 직원들은 내 위치를 부러워하는 것 같았지만, 나는 오히려 그들이 부럽더라고."

"지금 하는 일은 책임감이 커서 부담되는 게 아닐까요?"

"그건 아니야. 책임감은 영업할 때도 같았거든. 음, 내 생각이 이상한 걸까?"

"아니요. 전혀 안 이상해요."

"정말? 넌 괜찮겠어?"

"뭐가요?"

"나야 영업일을 좋아하고 천직이라고 생각하지만, 그러니까 만약에…… 음…… 그러니까 우리가 결혼하게 되면 그래도 남편이 직장에서 잘나가고 돈도 많이 벌어야 좋지 않겠어?"

주서윤의 안 그래도 큰 눈이 눈동자가 쏟아질 정도로 커졌다.

"……지금 그 말, 프로포즈예요?"

"아, 아닌데. 프로포즈는 아니고 예행 연습이랄까……."

"오빠, 이런 모습 처음인 거 알아요? 지금처럼 당황하는 모습 처음 봤어요. 귀여워."

주서윤은 얼굴에서 미소를 지우지 못했다.

유빈이 당황한 모습은 그만큼 자신을 사랑한다는 뜻이라는 걸 알 수 있었다.

"크흠흠."

"오빠. 전 그런 생각을 하는 오빠가 오히려 대단하다고 생각해요. 오빠는 남들이 중요하게 생각하는 명예나 돈에 관심이 없잖아요. 다른 사람의 시선에 연연해 하지도 않고요. 하지만 오빠는 매사에 최선을 다하고 늘 당당하잖아요. 제가 반한 건 오빠의 그런 모습이에요. 어떤 일은 하든 그건 중요하지 않아요. 그러니까 저 때문이라면 고민하지 마세요. 알았죠?"

"……서윤아. 고마워. 지금 당장 어떻게 하겠다는 건 아니야. 할 일이 남아 있으니까."

"걱정하지 마세요. 이 세상에서 한 사람만 오빠 편이라면 그게 저일 테니까요."

그녀의 아름다운 눈을 마주 본 유빈이 말없이 그녀를 끌어안았다.

"고마워."

"아니에요. 하지만 예행 연습도 하셨으니까 프로포즈도 기대할게요. 호호."

서윤을 놓아준 유빈이 멋쩍게 웃으면 물었다.

"서윤이는 기대하는 프로포즈 있어?"

"아니요. 그런 건 없는데. 그냥. 호호."

"왜? 말해 봐."

"오빠는 멋있어서 다른 여자들한테도 인기가 많잖아요. 그러니까 공표를 했으면 좋겠어요."

"공표?"

"'나는 이제 한 여자의 남자다!' 이런 공표?"

"정말이야?"

"호호, 농담이에요. 어떤 프로포즈든 상관없어요. 상대가 오빠이기만 하면 돼요."

유빈의 멋쩍은 표정이 뿌듯한 미소로 바뀌었다.

둘은 다시 한적한 탄천변을 걸었다.

어디선가 불어온 선선한 바람이 두 사람을 스치고 지나갔다. 유빈은 왠지 모르게 마음이 가벼워지는 느낌이 들었다.

유빈은 호텔 로비에 앉아 어제저녁의 일을 떠올렸다.

기분 좋게 서윤과 헤어진 유빈은 자기 전 호텔방에서 호심법을 수행했다.

호흡에 심취해 있는 유빈의 머릿속에 흐릿하게만 보였던

네 번째 전생의 풍경이 선명하게 보이기 시작했다.

지금까지의 전생과는 달리 유빈의 시선은 자유롭게 움직이지 못하고 한 사람 안에 매어 있었다.

헐떡거리는 숨결과 함께 그의 시선은 저 멀리 산 위에 보이는 거대한 사원에 머물러 있었다. 그의 황토색 가사는 땀과 때에 찌들어 짙은 갈색이 되어 있었고 발바닥은 부르트다 못해 돌처럼 딱딱해져 있었다.

거대한 사원이 점점 가까워져 갈수록 심장이 두근거리기 시작했다.

하지만 거기까지였다.

아무리 걸어도 시선은 사원에 도달하지 못했다.

유빈은 아직 네 번째 전생을 받아들일 때가 아님을 깨닫고 호심법을 멈췄다.

"무슨 생각을 그렇게 심각하게 하나?"

"아, 회장님."

거구의 서 회장이 수행비서와 함께 어제의 심상을 생각하느라 멍하니 앉아 있던 유빈에게 다가왔다. 서 회장이 비서를 물리치고 유빈의 맞은편에 앉았다.

정신을 차린 유빈이 서 회장을 맞았다.

"직접 안 오셔도 되는데 먼 걸음 하셨습니다."

"아니네. 내가 부탁했는데 자네를 오라 가라 하는 건 예의가 아니지. 그리고 송도에서 서울이 무슨 먼 걸음인가."

서우석 회장은 어제저녁 유빈의 연락으로 그가 묵고 있는 삼성동의 인터컨티넨탈 호텔로 직접 찾아온 것이었다.

"내일 출국한다고?"

"네, 저녁 비행기입니다."

"바쁘구먼. 바쁜 건 좋은 거지. 송도에서 만났을 때보다 한결 얼굴이 좋아 보이는데, 한국에서의 일은 잘 해결된 모양이군."

"네, 다행히 잘 해결되었습니다."

"잘되었군. 서윤 양을 만날 수 있어서 좋아진 건 아니고? 허허."

"하하. 그것도 맞습니다."

"전에도 이야기했지만, 서윤 양처럼 좋은 여자는 빨리 잡아야 하네."

"알고 있습니다."

"그래, 자네의 표정을 보니까 두 사람 관계가 조금 더 진척된 모양이군. 허허, 잘된 일이야."

역시 서 회장이었다.

공매도 때문에 마음이 편하지 않을 텐데도 내색하지 않고 한참 동안 일상의 이야기를 즐겁게 나눴다.

그의 마음을 잘 아는 유빈이 먼저 본론을 조심스럽게 꺼냈다.

"회장님, 어제 전화로 말씀드린 것처럼 해결책을 한번 찾아봤습니다."

"으음, 너무 부담 갖지 말게나. 쉬운 일이 아니라는 건 내가 더 잘 알고 있네."

"네. 결정은 회장님이 내리시는 거니까 한번 들어봐 주십시오."

"세이경청하겠네."

"공매도와 셀아키텍트 주가에 대해서 이번 기회에 제대로 살펴봤습니다. 수치가 놀랍더군요. 우선 셀아키텍트의 대차잔고가 2천4백만 주 넘게 쌓여 있다는 걸 확인하고는 놀라지 않을 수 없었습니다."

"그만큼 공매도를 칠 작정을 하는 거지."

서우석 회장의 안색이 어두워졌다.

공매도는 무차입 공매도와 차입 공매도로 구분할 수 있는데 한국은 무차입 공매도를 법적으로 금지하고 있다. 그래서 한국에서 공매도를 쳤다고 하면 차입 공매도를 말한다.

차입 공매도는 주식을 보유하고 있는 누군가로부터 주식을 빌려와 공매를 치는 것인데 대차잔고는 그 빌려 온 주식의 잔고를 말한다.

대차잔고가 많다는 건 공매도를 칠 수 있는 주식이 많다는 뜻이어서 주가가 하락할 가능성이 크다는 지표가 될 수 있다.

"2천4백만 주면 최근 주가 평균인 5만 원으로 계산하면 거의 1조2천억 원입니다. 물론 대차잔고가 정확한 게 아니라서 정확한 금액은 알 수 없지만, 반이 허수라 해도 6천억 원 이상의 큰 금액입니다."

서 회장이 작지만 무겁게 고개를 끄덕였다.

"대차잔고는 둘째치고 기관과 외국인의 움직임이 이해되지 않는 부분이 많더군요."

"외국인이라고 해 봤자 검은 머리 외국인이겠지."

"저도 그렇게 생각합니다. 테마섹을 비롯한 장기투자로 들어온 외국인 지분율은 주가가 하락했지만 큰 변화가 없습니다."

"후우, 그럼 뭐하는가. 이놈들이 자전거래는 물론이고 일사불란하게 공매도를 쳐 대니 주가가 배겨 내지 못하는 것을……"

"맞습니다. 거래창을 분석해 보니까 기관들이 서로 주고받듯이 매수와 매도를 비슷하게 맞추더군요. 이 정도의 일사불란한 움직임을 보인다면 제 생각에는 공매를 조정하는 큰 세력이 존재해야 가능하다는 결론을 얻었습니다."

"으음……"

서 회장이 무거운 침음성을 흘렸다. 그 역시 짚이는 곳이 있지만 어디 가서 입 밖에 내기도 힘든 이야기였다.

하지만 유빈은 거리낌 없이 공매의 수뇌를 지적했다.

"회장님도 생각은 하셨겠지만, 제 추측에는, 아니 거의 확실한 수준으로 명성이 뒤에 있는 것 같습니다."

"으으음……."

그의 침음성이 더욱 길어졌다.

상대가 명성그룹이라는 대한민국을 좌지우지하는 거대 재벌이라면 문제의 해결은 더욱 지난했다.

"……근거는?"

"명성은 애초에 셀아키텍트를 헐값에 인수하려고 했습니다만 실패했죠. 그리고 자신들도 바이오산업에 뛰어들었습니다. 바이오를 차세대 먹거리로 인식하고 5대 신수종 사업에 선정해 대규모 투자를 하고 있습니다."

"그렇지."

"하지만 셀아케텍트가 버티고 있는 이상 명성 바이오는 국내에서도 2인자밖에 되지 못합니다. 그들의 특기이자 그렇게 벗어나고 싶어 하는 패스트 폴로어밖에 되지 못하는 것이죠."

"바이오 약품의 개발은 오랜 시간의 임상 경험이 필요하지. 제조업처럼 설비와 인력으로만 되는 것은 아니지."

"맞습니다. 그래서 명성 바이오도 속이 탔을 겁니다. 그룹에서는 빨리 실적을 내라고 하지. 셀아키텍트는 구체적인 성과를 내고 있으니 마음이 급했겠죠. 그래서 그들은 최악의 선택을 했습니다. 미국 바이오 기업인 바이오렌과 계약을 한 겁니다. 명성 바이오에피스라는 합작 회사를 차려 제품의 개발과 생산은 그들에게 맡기고 투자를 한 것이죠."

서 회장은 속으로 놀라고 있었다.

유빈이 얼마나 꼼꼼하게 셀아케텍트와 명성을 조사했는지 알 수 있는 대목이었다.

"그래도 그 덕분에 KFDA에 에이프릴의 바이오시밀러 허가를 신청하지 않았나? 명성의 그 속도에는 나도 정말 놀랐네."

에이프릴은 에이티제이의 애브비와 마찬가지로 류마티스성 관절염과 면역, 염증성 장 질환에 효능이 있는 항체의약품이었다.

"그래서 제가 허가 신청한 명성의 바이오시밀러를 검색해 봤습니다. 그런데 놀랍게도 수입처가 한국 MBG더군요."

"그래? 그건 나도 몰랐군."

"약품 박스에 표시되어 있습니다. 자, 그럼 개발은 바이오렌이 하고 판매는 MBG에서 하는 약을 명성 바이오에서 개발했다고 할 수 있을까요? 그런데 언론에서는 명성 바이오가 드디어 해냈다느니, 셀아키텍트와 쌍두마차라느니 이런 기사만 쏟아내고 있습니다."

"아마도 상장할 때 좋은 값을 받기 위해서겠지."

"역시 회장님도 알고 계셨군요. 저도 명성 바이오가 곧 상장할 거라는 소문을 들었습니다. 그들은 셀아키텍트 정도의 시총은 갈 거라는 이야기를 줄곧 하고 있습니다. 하지만 명성그룹의 후광을 입더라도 적자 회사인 명성 바이오가 상장하면 셀아키텍트 시총의 5분의 1도 되지 않는다는 것이 제 판단입니다. 이것도 후하게 쳐준 거죠."

"그래서 명성 바이오가 상장하기 전까지 어떻게든 셀아키텍트의 주가를 잡아 놓는다?"

"바로 그렇습니다. 여기서 셀아키텍트의 주가가 치솟으면 명성 바이오와의 격차는 다시는 좁혀지지 않을 만큼 커질 겁니다. 그들이 필사적으로 공매도를 치는 이유죠."

"허어, 바이오에서 미래를 본 것은 좋은 결정이고 그들의 자금력은 부럽기만 하네. 아쉬운 점은 우리나라에서 같이 공정하게 경쟁하며 전 세계를 상대로 경쟁하면 되는데 왜 그렇게 우리를 못 잡아먹어서 안달인지 모르겠네. 언론에서 그런 부분을 짚어 줬으면 좋겠는데 이것 참……."

"제가 공매도의 수뇌로 명성을 의심하는 또 하나의 이유입니다. 그들은 언론을 컨트롤 할 수 있는 위치입니다. 언론사

치고 명성의 입김에서 자유로운 곳이 있을까요? 조금만 안 좋은 기사, 사실은 정확한 기사를 쓰면 바로 광고를 **빼겠다**고 하는데 어떤 언론사가 배겨 낼 수 있겠습니까. 명성 바이오를 열심히 띄우는 것처럼 셀아키텍트에 관한 루머도 생산할 수도 있는 곳이라면 답이 나오죠."

"자네의 말은 잘 알겠네. 나도 명성이 뒤에 있을 것 같다는 생각을 한 지는 오래되었네. 자네의 이야기를 들어 보니 더 확신이 서는군. 하지만 방법이 있을까? 상대는 명성이네."

유빈의 이야기를 들은 서 회장은 안색이 밝아지기는커녕 더 어두워졌다.

그는 국민연금이 셀아키텍트에 투자하지 않는 이유도 명성에서 압력을 행사했기 때문이라는 이야기까지 들었다.

실제로 국민연금은 기금 400조 원 중 20조를 명성 전자에 투자하고 있었다. 명성그룹 전체를 합치면 얼마나 될지는 상상도 되지 않았다. 그러니 국민연금이 명성 편을 들지 않을 수가 없었다.

서 회장과는 달리 유빈은 편안한 표정을 유지했다.

본론은 이제부터였다.

"회장님, 혹시 빌거바겐의 숏커버링 사건을 알고 계시나요?"

"빌거바겐?"

서 회장이 독일의 국민 자동차이자 국민 기업인 빌거바겐을 몰라서 물은 것은 아니었다. 전 세계 자동차 메이커 매출 1순위를 다투는 기업을 모를 수는 없었다.

"네, 2008년도에 빌거바겐도 공매도 때문에 몸살을 앓았습니다."

"그랬었나?"

지금 빌거바겐의 위상으로는 상상이 안 가는 그림이었다.

"네. 아시겠지만 2008년도에 유가폭등과 경기침체로 전 세계 시장이 불황에 빠졌습니다. 특히 자동차 시장에 대한 우려로 공매도가 유행했었는데 빌거바겐도 예외는 아니었습니다. 빌거바겐은 공매도에 속수무책으로 당하면서 400유로였던 주가가 200유로까지 떨어지며 반 토막이 났습니다."

"유럽 최대 자동차 그룹도 어쩔 수 없었군."

"그때 공매도가 투입한 돈이 18조 원이나 된다는 이야기도 있었습니다. 아무튼, 주가가 계속 내려가고 주주들의 난리가 이어지던 어느 날, 빌거바겐의 최대 주주인 자동차기업 볼쉐가 기습 공시를 냈습니다."

"기습 공시?"

"네. '35%의 빌거바겐 자동차 지분을 42%까지 끌어올렸고 콜옵션을 이용해 74%까지 지분을 보유할 수 있다.' 이렇게 공시를 낸 거죠. 74%에 출회할 수 없는 지분이 20%였기 때문에 94%의 주식이 잠겨 버리면서 단, 6%의 주식만 유통될 수 있게 되어 버린 겁니다."

"오호!"

"결국, 주식이 씨가 마르면서 공시가 난 다음 주 월요일부터 주식이 급등하면서 마감되고 그 다음 날도 연속해서 주가가 급등했습니다. 공매도는 어쩔 수 없이 손실을 보면서 빌린 주식을 사서 갚았고 숏커버링이 된 것입니다."

"대박이군!"

생각만 해도 가슴 뛰는 이야기였다.

서 회장은 이야기만으로도 속이 시원했는지 크게 호응을 했다.

"공매도 세력이 본 손실이 무려 38조 원이 넘었고 헤지펀드 CEO는 자살하는 일까지 벌어졌습니다."

"음, 자네가 무슨 말을 하려는지는 알겠네. 하지만 그런 일이 우리나라에서도 가능하겠나?"

흥분을 가라앉힌 서 회장이 침착하게 유빈을 응시했다.

"빌거바겐 정도는 아니지만 몇 가지 조건만 부합된다면 숏커버링은 일어날 수 있습니다."

"몇 가지 조건?"

"네. 우선 셀아키텍트에게는 엄청난 대차잔고량이 있습니다. 나쁘게 생각하면 공매도를 많이 칠 거라는 예상도 할 수 있지만, 반대로 이 주식들은 언젠가 갚아야 할 물량입니다. 주가가 급상승하면 공매도의 손실은 기하급수적으로 늘어날 것입니다."

서 회장이 힘차게 고개를 끄덕였다.

"두 번째는 강력한 호재가 있어야 합니다. 단, 시장에 오 픈되지 않은 것이어야 합니다. 공매도는 머토마가 EMA에서 승인되면 엄청난 물량 폭탄을 던져 상승을 막는 동시에 주가 의 추가 하락을 견인할 겁니다. 바로 그 타이밍입니다. EMA 승인으로 오른 주가에 연속으로 또 다른 강력한 호재가 있으 면 공매도는 당황할 수밖에 없습니다."

"강력한 호재라……."

유빈은 막힘없이 의견을 풀어냈다.

"우리나라 시장은 외국 기업의 투자에 크게 반응하는 경향 이 있습니다. 회장님, 지금 후속 바이오시밀러 개발이 어느 정도 진행되었나요?"

"유방암 치료제인 헤마쥬는 곧 KFDA에 신청할 거고 허가 가 나면 바로 EMA에 승인 신청할 걸세."

"그럼 임상은……."

"머토마 이상으로 데이터는 훌륭하네."

"그럼 됐습니다. 헤마쥬의 판권 계약을 EMA 승인 전에 먼저 하는 쪽으로 하시죠."

"승인 전이라면 좋은 조건은 힘들지 않을까?"

"그러니까 협상을 잘해야 할 겁니다. 셀아키텍트에는 머토마가 있지 않습니까. 임상데이터를 가지고 잘 설득하면 좋은 결과가 있을 겁니다. 그리고 판권 계약은 메이저 제약회사와 해야 공시를 냈을 때 파급효과가 클 겁니다."

턱을 쓰다듬던 서 회장의 눈이 빛났다.

"자네 말은 EMA 승인 후 주가가 올랐을 때 판권 계약 공시를 내라는 거군."

"네, 맞습니다. 계약 공시에 더해 그 회사가 셀아키텍트에 투자까지 하게 되면 더 확실할 겁니다. 제네스나 아스트로스급의 회사라면 주가가 급등할 가능성이 큽니다."

"후우, 곧 있으면 EMA 승인이 날 건데 판권 계약을 맺으려면 상당히 급박하겠군."

"네, 빨리 움직이셔야 할 것 같습니다."

둘 다 시간이 없다는 식으로 이야기했지만 두 사람 모두의 표정은 그다지 급하지 않았다.

"안 그래도 이미 판권에 의사를 보인 곳이 몇 군데 있네."

"역시 그렇군요. 제가 다른 회사 CEO라도 헤마쥬는 그냥 두지 않았을 겁니다."

"허허, 자네는 이런 사람이었지. 내가 잠시 잊어버리고 있었군."

엄밀히 말하면 외부인인 유빈이 셀아키텍트가 돌아가는 상황을 속속들이 알고 계획을 짠 것 같자 잠시 놀라던 서 회장이 헛웃음을 내뱉었다.

"마지막으로 놈들의 사이를 갈라놓아야 합니다."

"그게 무슨 소리인가?"

"명성의 사주를 받았든, 공매로 이익을 보려고 하든 공매도 놈들은 지금 한 방향으로 움직이고 있습니다. 하지만 그렇다고 놈들의 결속이 깨지 못할 정도로 공고하다고는 생각하지 않습니다. 어차피 중요한 건 돈이니까요. 손해 볼 걸 뻔히 알면서 공매를 치지는 않을 겁니다."

"놈들 중에서 배신자를 만든다?"

"네. 만약 놈들이 공매폭탄을 던질 때, 단 하나의 기관이라도 물량을 매수하기 시작하면 놈들은 당황할 겁니다. '너 혼자만 살자는 거냐?' 이러면서 따라가는 놈이 생길 겁니다. 그럼 결속은 깨지는 겁니다."

"생각한 방법이 있는 모양이군."

"공매 담당자를 직접 만날 수는 없지만, 전달해 줄 사람은 만날 수 있지 않을까요? 예를 들어, 음, 셀아키텍트 IPO(Initial Public Offering, 주식 신규 상장)를 주관한 증권사가 어디였죠?"

"대현증권이었네."

"그 당시 IPO 담당자하고는 아직 친분이 있으신가요?"

"내가 인간관계를 쉽게 끊을 사람이던가? 명절 때나 이런 때 가끔 안부를 전하고 있네."

"그럼 그 사람하고 일단 만났으면 합니다."

"어떻게 하려고 그러나?"

유빈은 자신의 계획을 서 회장에게 털어놓았다.

계속해서 듣고만 있던 그가 이야기가 끝나자마자 망설이지 않고 비서를 불렀다. 몇 마디 이야기가 오가더니 서 회장이 고개를 끄덕였다.

"내일 점심때 만나기로 했네. 비행기 시간도 있을 텐데 괜찮겠나?"

"빠듯하긴 하지만 저녁 시간이라 괜찮을 것 같습니다."

"후우, 자네한테는 어째 고맙다는 말밖에 할 게 없군. 내 이 마음은 꼭 잊지 않겠네."

"아닙니다. 회장님. 저도 이 악질적인 놈들이 두 손 두 발 다 드는 모습을 꼭 보고 싶습니다."

"허허, 한번 노력해 보세."

한 추진력 한다는 이야기를 자주 듣는 서 회장도 유빈의 추진력에는 두 손을 다 들었다. 희망이 있다는 것만으로도 그는 오랜만에 환한 웃음을 지었다.

"회장님, 제가 먼저 연락드렸어야 했는데 먼저 연락까지 주시고 송구스럽습니다."

"아닙니다. 셀아키텍트가 성공적으로 상장한 데는 최 이사님의 역할이 컸는데 제가 제대로 대접해 드리지 못한 것 같아서 늘 마음속에 담아 두고 있었습니다. 이제라도 자리를 마련할 수 있어서 다행입니다. 허허."

"많이 바쁘실 텐데 이렇게 불러 주셔서 감사합니다."

"제가 그쪽으로 가야 하는데 송도까지 오게 해서 미안합니다. 제가 저녁에 일이 있어서 점심시간으로 잡았습니다."

"아니요. 아니요. 무슨 말씀이십니까? 회장님이 이렇게 자리를 마련해 주신 것만 해도 충분합니다. 점심이면 어떻고 저녁이면 어떻습니까. 하하."

서로 덕담이 오가고 최 이사는 고개에 모터를 단 사람처럼 숙이기에 바빴다.

대현증권의 IPO 책임자인 최문형 이사는 서우석 회장의 연락을 받고 흥분을 감추지 못했다. 중견기업이기는 했지만, 서 회장은 명색이 그룹 총수였다.

IPO 때문에 몇 번 인사한 적은 있지만, 그룹 총수와 식사를 하는 것은 그도 처음이었다.

게다가 서 회장은 셀아키텍트 헬스케어의 상장에 대해 상의하고 싶다는 말까지 했다. 요즘같이 증권업계에 칼바람이 불 때, 헬스케어의 상장은 큰 실적이 될 수 있었다. 무슨 일이 있어도 이번 건은 잡아야 했다.

"그런데 옆에 계신 젊은 분은 누구신가요? 회사 분이신가요?"

최 이사는 좋은 분위기 속에서 아까부터 궁금했던 질문을 했다. 서 회장과 단둘이 약속 장소에 나온 젊은이의 정체가 궁금할 수밖에 없었다.

"아, 이분은 우리 회사 분이 아니고 제네스 아시아 본부에서 오신 분입니다. 이번에 투자 건으로 우리 회사를 방문하셨는데 최 이사님도 안면을 익히면 좋을 것 같아서 같이 나왔습니다."

"제네스 아시아 본부 BD 매니저 김유빈입니다. 잘 부탁합니다."

"아, 안녕하십니까. 대현증권 최문형입니다."

둘은 서로 명함을 주고받았다.

유빈의 소속과 직위에 살짝 당황했지만, 최 이사는 비즈니스에 능숙한 사람이었다. 세계 최대 제약회사인 제네스의 매니저와 안면을 터놓는 일은 나쁠 게 없었다.

그는 투자 건으로 방문했다는 서 회장이 한 말을 놓치지 않았다. 어쩌면 미공개 정보를 얻을 좋은 기회였다.

"제네스 아시아 본부 매니저신데 이렇게 젊으시고 또 한국 분이셔서 깜짝 놀랐습니다."

"서 회장님 덕분에 한국에서 좋은 인연을 만들 수 있게 돼서 감사할 따름입니다."

유빈의 빈틈없는 예의에 최 이사는 그를 다시 봤다.

어딘가 편안한 느낌이 나는 동시에 말 한 마디, 한 마디가 신뢰감을 주는 사람이었다.

최 이사의 머리가 빠르게 돌아갔다.

'빨리 승진하는 데는 다 이유가 있지. 이 친구 잘하면 제네스 한국 지사 사장으로도 오겠는데……'

"아이고, 무슨 말씀을. 제가 드릴 말씀입니다."

"자, 자. 이제 통성명도 했으니 우리의 만남을 축하하며 한잔합시다. 허허."

서 회장의 건배로 술이 돌기 시작했다.

유빈은 옆 사람이 걱정할 정도로 계속해서 술을 들이켰다.

처음에는 깍듯하게 예의를 차리던 최 이사도 유빈과 서 회장이 띄워 주고 술이 돌자 조금은 흐트러진 모습을 보여 줬다.

"최 이사님. 요즘 주가가 말이 아닙니다. 상장될 때보다 오르기는 했지만, 고점과 비교해 30%나 빠져서 오를 생각을 안 하네요."

"회장님, 걱정 안 하셔도 됩니다. 주가는 실적에 부합하기 마련이죠. 시간이 약입니다. 시간이."

서 회장과 유빈이 슬쩍 눈빛을 교환했다.

"허허. 우리 회사가 걱정돼서 하는 말은 아닙니다."

"네?"

"전 오히려 우리나라 기관 증권사들이 걱정돼서 하는 말입니다."

최 이사는 술이 살짝 깨는지 서 회장의 말에 귀를 기울였다.

"최 이사님도 셀아키텍트의 미래가 얼마나 창창한지 알고 계시죠?"

"그럼요. 물론입니다. 제가 IPO한 회사인데요. 모르겠습니까?"

"그런데 공매도들은 왜 그걸 모른 척하는지 모르겠습니다."

"……하하. 그렇죠. 참 저도 같은 회사에 다니고는 있지만, 롱숏 펀드 운영하는 친구들도 참 그렇습니다. 장기투자를 하고는 싶어도 회사에서는 바로 수익을 내라고 하니까 숏 위주로 자금을 굴릴 수밖에 없는 거죠."

최 이사가 어색하게 서 회장의 편을 들었다.

"그게 안타깝다는 말입니다. 우리 회사는 앞으로 호재가 넘치는데 숏으로 자금을 운용하면 큰 손해를 볼 게 뻔한데 참······."

"······그러게 말입니다. 이제 곧 머토마가 EMA 승인도 받을 테고······."

"제가 자, 잘 몰라서 그러는데 셀아키텍트에 고, 공매도가 심한가요?"

술에 잔뜩 취한 모습의 유빈이 순진한 얼굴로 슬쩍 끼어들자 서 회장이 장단을 맞춰 줬다.

"매니저님도 주식을 하십니까?"

"네. 하, 한국 주식은 아니고 해외 주식 조금씩 하고 있습니다. 그런데 이번에 한국에 방문하고 나서 셀아키텍트에도 개인적으로 투, 투자할 생각을 하고 있었습니다. 그런데 공매도가 많다고 하셔서 질문한 겁니다."

유빈이 살짝 꼬인 혀로 느릿느릿하게 대답했다.

"그게 참, 창고 매출이다, 빌린 돈이 많다, 고평가다, 하면서 주가를 누르는 세력이 있기는 합니다만 곧 정리될 겁니다. 걱정 붙들어 매시고 투자하셔도 됩니다. 하하."

유빈의 이야기와 서 회장의 단호한 대답에 최 이사의 표정이 눈에 띄게 굳어졌다.

'개인적으로 투자한다고? 설마 제네스에서도 투자가 들어오는 건가? 그건 아니겠지. 머토마하고 애브비하고 경쟁 약품인데. 만약 제네스에서 투자가 들어온다면······ 그때는 최

악의 상황일 거야……'

"오늘 최 이사님을 만나고자 한 것도 셀아키텍트 헬스케어 상장에 대해 여쭤보려 한 이유도 있습니다. 상장만 하면 무차입 경영을 할 수 있고 곧 셀아키텍트와 합병할 테니까 공매도에서 더는 핑계를 댈 수 없겠죠?"

"……그렇겠죠."

"하하, 공매도는 이제 다 죽었군요. 끅. EMA 승인에, 헬스케어 상장에, 제네스와 판권 계약까지."

유빈이 호탕하게 웃으며 큰 소리를 냈다. 서 회장이 순간 당황한 표정이 되었다.

"우리 김 매니저님께서 술을 조금 드신 모양이군요. 최 이사님, 오해는 마십시오. 아직 확정된 이야기는 아닙니다. 괜히 어디 가서 이야기하면 비웃음만 살지도 모릅니다. 허허."

"그, 그럼요. 제가 어디 가서 이야기하겠습니까?"

대답은 했지만 판권 계약이라는 말에 최 이사의 눈 밑이 씰룩거렸다.

"헬스케어 IPO는 제가 담당 팀을 꾸려서 다시 한 번 연락 드리겠습니다."

어색한 분위기 속에서 꾸벅꾸벅 조는 유빈 덕분에 일찍 자리가 파했다.

최 이사는 인사하고는 급하게 자리를 떴다.

그가 나가자 유빈은 슬그머니 자리에서 일어나 앞에 있는 회를 입으로 가져갔다.

최 이사를 배웅하고 들어온 서 회장이 앉아 있는 유빈에게 미소를 건넸다.

"최 이사의 반응으로 봐서는 자네 계획대로 된 것 같은데. 과연 그가 공매도 팀에 정보를 전달할까?"

유빈이 고개를 끄덕였다.

최 이사의 어색한 표정이 아니더라도 오라가 요동치는 그의 심정을 유빈에게 그대로 보여 주고 있었다.

"그럴 가능성이 큽니다. 여기서 확신을 주려면 헤마쥬에 관심 있는 회사를 송도로 불러서 미팅 자리를 마련하십시오. 언론에 흘리면 관련 기사가 뜰 겁니다. 저도 마크 램버트 CEO에게 건의해 보겠습니다."

"자네, 전에도 이런 일을 해본 적이 있나? 연기도 그렇고 감탄스러울 정도로 치밀하군."

"술 취한 연기는 조금 힘들었습니다. 연기하느라 제대로 먹지도 못했네요. 하하."

"아니, 내가 지금까지 본 연기 중에 최고였네."

서 회장이 웃으며 술잔을 내밀었다.

그가 감탄한 것은 연기뿐만이 아니었다. 통찰력 있는 눈으로 상황과 원인을 정확하게 분석하고 그에 대한 해결책을 빠르게 제시하는 동시에 행동력까지 보여 준 유빈의 빛나는 능력에 그는 감탄을 금치 못했다.

세계 최초 항체 바이오시밀러라는 타이틀 덕분인지 머토마의 유럽 승인은 예상보다 지연되었다. 그동안 주가는 하락과 보합을 반복했고 주주들의 불만은 점점 커졌다.

하지만 시간을 이길 수는 없는 법.

유빈이 제네스 코리아의 일을 해결하고 싱가포르로 돌아온 지 두 달이 안 된 어느 날, 드디어 기다리던 낭보가 날아왔다.

머토마가 EMA CHMP(유럽의약국 약물사용자문 위원회)에서 만장일치로 긍정 의견을 받은 것이었다. CHMP의 의견은 판매허가나 다름없었다.

아니나 다를까. 저녁에 발표된 낭보에 그 다음 날 셀아키텍트의 주가는 불기둥을 그리며 치솟았다.

상한가.

그 다음 날도 상한가였다.

순식간에 30% 이상 주가가 오르자 주주들은 그동안의 마음고생을 털어 내고 기쁨의 환호를 질렀다.

하지만 이상하게도 언론에서는 대한민국 사람이라면 누구나 자랑스럽게 생각해야 할 큰 성과를 축소하기에 바빴다.

일간지 신문 1면은커녕 경제면에 작게 기사가 나오는 정도로 소개가 끝났고 공중파 뉴스 어디에서도 소식을 다루지 않았다.

유빈은 싱가포르에서 그 모습을 지켜보며 공매도가 반격을 준비하고 있음을 알 수 있었다.

승인을 기다리는 동안 서우석 회장과 계속 연락하며 대비책을 마련해 놓았지만, 공매도 세력에 타격을 줄지는 장담할 수 없었다.

어쩌면 예상과는 달리 주가가 꾸준히 상승할지도 모를 일이었다.

유빈은 매의 눈으로 주가를 예의 주시했다.

첫날과 둘째 날은 별다른 저항 없이 주가가 상한가에 안착했다.

승인이 나고 삼 일째.

장 시작 전부터 오늘도 상한가를 만들어 버릴 것 같은 강력한 매수세가 대기하고 있었다.

싱가포르 시각으로 여덟 시, 한 시간 빠른 한국에서는 주식 장이 열리는 시간이었다.

전날과 전전 날과 마찬가지로 셀아키텍트의 주가는 한계를 모르고 오르기 시작했다. 장 시작 한 시간 만에 10% 이상 오르자 '셀아키텍트 EMA 승인 권고 의견으로 오늘도 초강

세'라는 뉴스가 증권 페이지의 상단을 장식했다.

뉴스를 보고 매수세가 강하게 들어오는 것을 목격할 수 있었다. 대부분 개인 투자자의 매수로 보였다.

날카로운 눈빛으로 호가 창을 들여다보고 있던 유빈의 눈썹이 꿈틀거렸다.

보이지 않는 천장이라도 있는 것처럼 5분 봉이 힘을 잃은 채 꼬리를 달고 조금씩 내려왔다.

이른 시간이었지만 유빈은 망설이지 않고 서 회장의 핫라인으로 전화를 걸었다.

"회장님, 지금 호가 창 보고 계시나요? 이제부터 시작인 것 같습니다."

ㅡ음, 주시하고 있네.

유빈이 통화하는 순간부터 기 싸움을 하던 매수세와 매도세의 균형이 깨지면서 올라가는 것보다도 빠른 속도로 주가가 하락하기 시작했다.

기관과 외국인이 짠 것처럼 엄청난 양의 매물을 투하했다.

ㅡ이놈들…… 역시 한통속이구먼. 언제쯤 공시를 내야 하겠나?

"아직은 아닙니다. 놈들이 안심하고 있을 때, 그때 내셔야 합니다."

ㅡ후우, 주식 토론 게시판에도 난리가 났군.

"게시판도 보고 계십니까?"

─나만 있는 게 아니라 직원들과 같이 주가를 모니터링하고 있네. 볼 수 있는 건 다 보고 있지.

"네, 게시판에도 분명 공매도 끄나풀이 존재할 겁니다. 개미들이 주식을 던지도록 선동하겠죠."

두 사람이 이야기하는 동안 10% 상승을 고스란히 반납한 주가는 파란색으로 변했다.

어제 종가에서 저항이 한 번 있기는 했지만, 속수무책이었다.

─3%, ─5%, ─10%.

순식간에 고점 대비 20%가 빠져 버리자 투자자들이 정신을 차리지 못했다.

주가의 하락에 나름의 의미를 부여하던 자칭 고수들도 입을 닫을 만큼 토론 게시판에는 적막마저 흘렀다.

주가에 거품이 끼었다고 침을 튀기던 안티들의 글만이 게시판을 도배하고 있었다.

공포 장세가 형성되며 무슨 일이 있는지 알지도 못하는 개미투자자들도 기관과 외국인의 매도세에 동참했다. 한탕을 노리던 개미 투자자들의 아비규환이 들리는 것 같았다.

하한가인 마이너스 15% 근처에 이르자 그동안 셀아키텍트를 괴롭혔던 악재 루머들이 다시 재생산되며 기사로 올라왔다.

[셀아키텍트, 급등에 이은 급하락.]
[유럽 의사들, 바이오시밀러 불신.]
[에이티제이, 셀아키텍트 올해 안에 판매하지 못하게 할 것.]

마치 한 편의 연극을 보는 것 같았다.

인내력이 한계에 다다른 서 회장의 거친 목소리가 전해져
왔다.

－유빈 군, 아직인가?

"지금 공시하십시오!"

하한가로 마무리할 것 같던 주가가 마이너스 14%에서 멈
칫한 것을 눈여겨본 사람은 몇 되지 않았다.

그중에는 유빈도 있었다.

'반격이구나.'

악재 루머로 도배되어 있던 기사의 상단에 '속보'라는 단어
와 함께 새로운 기사가 떴다.

오전까지만 해도 콧노래를 흥얼거리던 명성증권 본사 신

정철 과장의 이마에서 땀방울이 계속 흘러내렸다.

그는 땀을 닦을 여유도 없어 보였다.

얼굴은 새파랗게 질려 있었고 손놀림은 프로게이머 저리 가라 할 정도로 빠르게 움직이고 있었다.

전화기는 이미 불이 날 정도로 짖어 대고 있었다.

세 개의 모니터를 번갈아 가며 쳐다보던 그가 참지 못하고 육두문자를 내뱉었다.

"씨발…… 망했네……."

"과장님! 셀아키텍트 어떻게 합니까?"

그를 찾는 건 개처럼 짖는 전화기뿐만이 아니었다.

숏 프로그램을 담당하는 그의 팀원들이 하나같이 핼쑥한 표정으로 신 과장만 쳐다보고 있었다.

그들이 기대하던 차트하고는 정반대 방향으로 상황이 흐르고 있었다.

"과장님, 이대로 가다가는……."

"다시 사! 다른 증권사보다 먼저 사야 그나마 손해가 덜해!"

죽는 것보다는 욕먹는 게 나았다. 이대로 계속 하방질만 하다가는 정말 파산이었다.

"지금 다른 증권사에서 전화 오고 난리입니다!"

"다 무시하고 일단 살 수 있을 만큼 사!"

"알겠습니다!"

신 과장이 의자에 깊숙이 몸을 뉘었다.

겨우 소리를 질렀지만, 손과 발이 다 떨려서 진정할 수가 없었다. 몸은 이미 샤워를 한 것처럼 축축해져 있었다.

'한강에 가야 할지도······.'

끝없이 상승하는 셀아키텍트의 주가를 보며 그가 고개를 푹 숙였다.

[셀아키텍트 헤마쥬, 세계 3대 제약사인 아스트로스와 유럽 독점 판매 계약 체결. 셀아키텍트 아스트로스로부터 5,000억 원 투자 유치 성공.]

회심의 미소를 지은 유빈이 기사를 클릭했다.

[국내 바이오업체 셀아키텍트는 머토마의 후속 파이프라인인 헤마쥬의 유럽 판권을 다국적 제약회사인 아스트로스와 독점 계약했다고 공시했다. 헤마쥬는 로샘사의 항암치료제인 허마틴의 바이오시밀러로 전이성 유방암과 조기 유방암의 치료에 사용된다. 현재 헤마쥬는 KFDA에 판매 허가 신청이 들어간 상태이며 셀아키텍트 관계자는 한국에서 승인이 나는 대로 EMA에 허가 신청을 내

겠다고 했다. 이로써 셀아키텍트는 머토마에 이어 실매출을 일으킬 수 있는 두 번째 약품을 확보함으로써 바이오시밀러 시장에서 퍼스트 무버임을 확실히 입증했다. (중략) 아스트로스는 제네스와 MBG에 이어 작년 전 세계에서 세 번째로 많은 매출을 올린 회사다. 이번 셀아키텍트와 아스트로스의 판권 계약, 그리고 5,000억 원 규모의 투자는 그동안 셀아키텍트를 괴롭혔던 루머가 사실이 아님을 입증하게 되었다.]

아스트로스와의 계약과 투자라는 공시는 엄청난 파괴력을 발휘했다.

언제 파란색이었느냐는 듯이 다시 붉은색으로 바뀐 주가는 아침에 넘지 못했던 10% 상승을 순식간에 넘어서 상한가로 치달았다.

단타 개미 투자자들은 주가의 출렁거림에 피를 흘렸지만, 회사를 믿고 오랜 기간 투자해 온 장투자들은 천국과 지옥을 오가면서도 결국에는 수익의 기쁨을 누렸다.

"회장님, 우리 계획대로 된 것 같습니다."

–후우…… 이거 정말 못할 짓이군. 너무 긴장해서 어깨에 담이 온 것 같네.

"아스트로스와의 계약한 것이 주효했던 것 같습니다."

–……자네가 다리를 놔 준 덕분이지.

서 회장과 계획을 짜고 싱가포르에 돌아왔을 때, 아스트로스 아시아 본부에서 연락이 온 건 우연한 일이었다.

아스트로스는 제네스가 중국에서의 리베이트 문제를 잘 극복하는 모습을 지켜보고는 NEVA에 관해 문의하기 위해 유빈에게 접촉해 온 것이었다.

아스트로스는 MBG와 마찬가지로 리베이트 문제로 중국에서 곤욕을 치렀었다.

안 그래도 유빈은 올해 NEVA가 성공적으로 안착하면 시스템을 전 세계 제약 회사에 오픈할 계획이었다.

그러기 위해서는 마크 램버트의 허락이 필요했기 때문에 아스트로스에 확답을 주지는 못했다.

그런 와중에 유빈은 헤마쥬와 셀아키텍트의 정보를 아스트로스에게 전해줬다.

하늘이 서 회장을 돕는 것인지 그 우연한 일은 판권 협상으로 연결되었고 한 달 전에 최종 협상을 마무리하게 되었다.

그러니 서 회장에게 유빈은 은인 이상의 존재였다.

유빈이 자기 시간을 희생해 가며 굳이 서 회장을 도울 필요는 없었다. 사실 개인적 친분 말고는 둘은 아무런 관계가 아니었다.

─자네는 정말…….

감정이 격해졌는지 서 회장이 말을 잇지 못했다.

유빈은 서 회장을 위해 일부러 냉정하게 처신했다.

"회장님, 아직 장이 끝나지 않았습니다. 우선 전화 끊으시고 장 끝나면 다시 연락하는 게 좋을 것 같습니다."

ㅡ크흠, 알겠네.

후속 기사는 끊임없이 올라왔고 장이 끝나는 세 시까지 매수 대기 물량만 잔뜩 쌓인 채 결국 상한가는 깨지지 않았다.

유빈은 그제야 안심하고 모니터를 껐다.

계획한 대로 하한가 근처에서 먼저 매수로 치고 나온 기관 창구는 대현증권이었다.

대현증권이 순식간에 십만 주 가까이 매수하자 매도로 일관하던 다른 창구에서도 매수하지 않고는 배길 수 없는 상황이 되어 버렸다.

현물로는 모자라 공매를 친 주식도 허겁지겁 사들이는 모습이 연출되었다.

셀아키텍트의 상승은 쉽게 멈추지 않았다.

유빈이 예견한 숏커버링이 벌어지면서 다음 날, 그리고 그 다음 날도 상한가였다.

대차잔고는 확연하게 감소했고 더는 눈감을 수 없었는지 신문과 방송에서도 셀아키텍트의 뉴스를 다루기 시작했다.

그야말로 선순환이었다.

뉴스에 셀아키텍트의 신화가 다뤄지면서 많은 투자자가

관심을 두기 시작했고 주가는 계속 우상향을 유지했다. 주가가 안정되었을 때는 EMA 승인 직전보다 4배가 오른 상태였다.

아직까지 기관이 파산했다는 소리는 없었지만, 공매 친 것을 후회하면서 피눈물 흘리고 있을 사람은 분명히 있을 것이었다.

시간이 지나면 알게 될 일이었다.

유빈과 서 회장은 전화기를 사이에 두고 맥주로 서로 승전을 축하했다.

"회장님, 우시는 건 아니죠?"

살짝 떨리는 서 회장의 목소리에 이제는 안심한 유빈이 농담을 던졌다.

─허허, 자네 얼굴을 보면 울지도 모르겠네. 한국에 같이 없어서 정말 아쉽군.

"저도 그렇습니다. 한국에 가게 되면 바로 연락드리겠습니다."

─우리 회사는 이제부터 시작이네. EMA에서 머토마를 승인했으니 다음은 FDA라네.

"바이오시밀러에 호의적인 정책을 펴는 유럽과 달리 미국은 만만하지 않을 겁니다. 그래도 저는 회장님이라면 해내실 거라 믿습니다."

-허허, 고맙네. 이번 투자로 바이오 신약 연구도 자금 걱정하지 않고 진행할 수 있게 되었지.

"독감 치료제 말씀이시죠? 그 신약만 개발되면 셀아키텍트는 세계 10대 바이오 회사를 넘어 10대 제약회사에 들어갈 수도 있을 겁니다."

-회사가 성장하려면 믿고 맡길 인재가 필요한데…….

두 사람은 맥주를 마시면서 제약 업계에 관해 두런두런 이야기를 나눴다.

대현증권 최문형 이사가 요즘 계속 연락해서 고민이라는 농담과 함께 서 회장의 목소리가 진지해졌다.

-음, 유빈 군. 전에도 한 이야기지만 언제든지 마음이 바뀌면 우리 회사로 오게나. 자네가 원하는 자리는 만들어서라도 주겠네.

그의 진심을 알기에 유빈은 함부로 답할 수 없었다.

하지만 이번 일을 계기로 서 회장과 셀아키텍트에 대한 애정이 더 커졌음은 부정할 수 없었다.

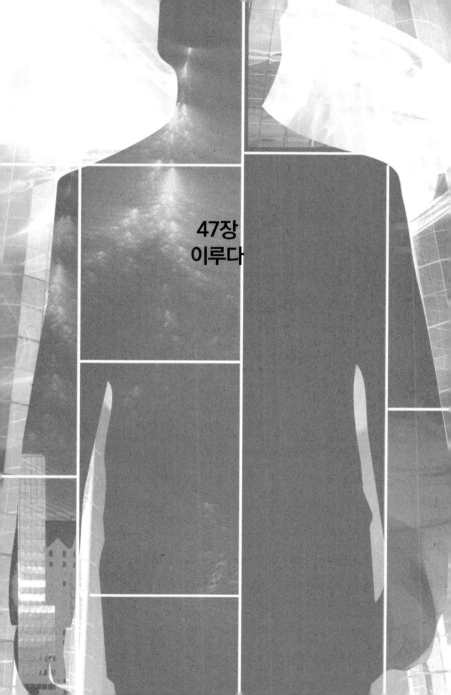

47장
이루다

　유빈은 지금 상황이 굉장히 낯설었다.

　곧 있으면 크리스마스인 연인들의 시즌에, 그것도 분위기 좋은 고급 레스토랑에 중년의 인도 남자와 마주 앉아 있다니!

　게다가 그 인도 남자는 직장 상사이기까지 했다.

　"난 이걸로 하겠습니다. 미스터 킴은?"

　"저도 미스터 나라옌과 같은 메뉴로 하겠습니다."

　또 한 가지 낯선 점은 나라옌 CEO와의 식사는 항상 회사 주변의 칠리 크랩 전문 레스토랑이었다. 지금까지 아시아 본부로 발령받고 단 한 번의 예외도 없었다.

　손가락에 묻은 칠리소스를 쪽쪽 빨아먹는 소리가 들려야 정상이건만, 고급스러운 실버웨어가 부딪치는 소리만이 식탁을 채우고 있었다.

나라옌 CEO의 옆 유리창을 통해서는 마리나베이 호텔과 그 일대의 야경이 파노라마처럼 펼쳐져 있었다.

"뭘 그렇게 보고 있나요? 식기 전에 드세요."

예술품이나 다름없는 에피타이저에 나라옌의 눈빛이 번들거렸다. 유빈도 정신을 차리고 포크와 나이프를 들으며 가벼운 농담을 던졌다.

"웬일로 저녁 식사에 초대하셨습니까? 메뉴가 칠리 크랩이 아니라 당황스럽네요."

"제가 무슨 칠리 크랩만 먹고 사는 사람입니까? 아, 이 관자…… 정말 부드럽네요. 어떻게 요리한 거지?"

"임원들 사이에서 미스터 나라옌의 별명이 뭔지 아십니까?"

"별명이요? 제가 별명이 있습니까?"

"칠리 크랩 도살자입니다. 크랩을 조각조각 내서 살 하나하나를 정성스럽게 발라 내는 모습에서 생긴 별명입니다."

나라옌 CEO는 임원과 의논할 현안이 있을 때마다 점심에 초대해 이야기를 나누고는 했다. 문제는 그 장소와 메뉴가 항상 같은 데 있었다.

에피타이저를 순식간에 먹어치운 미스터 나라옌이 헛웃음을 지었다.

"허, 도살자라니. 기가 막히는군요. 다음부터는 다른 메뉴를

골라야겠네요. 그런데 그 식당은 칠리 크랩이 전문인데……."

"아무튼, 다른 식당에 초대해 주셔서 감사합니다. 잘 먹겠습니다."

"고맙다는 말은 제가 해야죠. 제네스 차이나에서의 일 때문에 곤욕을 치를 뻔했는데 미스터 킴 덕분에 저도, 아시아리전도 큰일 없이 위기를 넘길 수 있었습니다. 시간이 조금 지났지만 이제야 제대로 감사 인사를 할 수 있게 되었군요."

"아닙니다. 제가 할 일이었을 뿐입니다."

"그렇지 않습니다. 제네스 차이나 양제츠 부장으로부터 무슨 일이 있었는지 들었습니다. 미스터 킴이 현장을 다니면서 문제를 직접 해결하고 제네스 차이나 CEO와 담판을 벌인 일과 양 부장에게 어떤 조언을 해줬는지도요. 그러니까 겸손하지 않아도 됩니다."

"겸손이 아닙니다. 저는 해야 할 일을 했을 뿐입니다."

유빈은 손을 내저었다.

그런 모습에 나라옌이 은근한 미소를 지었다.

"제가 높이 사는 것이 바로 그 점입니다. 제가 보기에 미스터 킴은 자신의 업무를 현 직급인 BD 매니저에 국한하지 않는 것 같습니다."

"제가 조금 오지랖이 넓기는 합니다."

사람을 바로 앞에 두고 칭찬하는 바람에 어색해진 유빈이 농담으로 넘어가려 했지만 나라옌의 얼굴은 그 어느 때보다 진지했다.

"'나비로이, NEVA와 관련된 일을 제외하고는 제네스 차이나의 일은 내 일이 아니야.' 이렇게 생각해도 뭐라고 할 사람은 아무도 없습니다. 오히려 대부분 직원은 그렇게 생각하죠."

"……그런가요?"

"미스터 킴은 마치 자신이 글로벌 CEO인 것처럼 일을 처리했습니다. 다시 생각해 보면 그런 마인드가 미스터 킴이 회사 내에서 빠르게 성장한 이유라는 확신이 드는군요."

"미스터 나라옌이 제 상황이었어도 같은 행동을 하셨을 겁니다."

"그랬을까요? 하하. 하지만 미스터 킴처럼 깔끔하게 일을 처리하지는 못했을 겁니다. 그러니까 부담 갖지 말고 맛있게 드셔도 됩니다."

"그렇게까지 말씀해 주시니…… 맛있게 먹겠습니다!"

"하하, 좋습니다. 그리고 설마 내가 밥 한 끼로 고마움을 때운다고 생각하는 건 아니겠죠?"

"네?"

"올해 제가 작성하는 미스터 킴의 PMP(직원 평가)는 이미 최고 점수입니다. 글로벌 헤드쿼터로 자리를 옮길 때 도움이 될 겁니다."

나라옌은 유빈이 글로벌 본사로 갈 거라는 것을 기정사실처럼 말했다.

　"……감사합니다."

　유빈은 다른 말을 덧붙이지 않았다.

　이런 식당에 데려온 것 자체가 미식가인 나라옌 CEO가 생각하는 최고의 대접이라는 것을 알기 때문이었다.

　"그리고 좋은 소식이 두 가지 더 있습니다."

　"두 가지요?"

　애피타이저를 입속에 넣은 유빈은 그 맛에 감탄하며 물었다.

　"어제저녁, 전 세계 나비로이 매출 취합 자료를 뉴욕 본부에서 받았습니다. 우리 아시아 리전이 11월까지 나비로이 매출 1위를 차지했습니다. 절대 매출은 물론이고 매출 성장세 또한 다른 리전이 넘볼 수 없는 수치입니다. 하하!"

　"정말인가요?"

　상반기까지 취합된 자료는 정확히 알고 있었지만, 하반기 다른 리전의 매출을 감으로만 예상하고 있던 유빈이 기분 좋은 미소를 그렸다.

　나라옌 CEO도 어지간히 궁금했던 모양이었다.

　일주일 후면 나올 자료를 본부에서 닦달해서 먼저 받은 것 같았다.

　"그렇습니다. 우선 런칭 후 6개월 동안 코마케팅으로 빠르게 시작해 나비로이를 안착한 효과와 NEVA를 통한 나비로이의 간접 홍보 효과가 하반기에도 톡톡히 역할을 했습니다."

침착하게 소식을 듣던 유빈도 조금씩 가슴이 벅차올랐다. 12월 실적이 나오지는 않았지만, 지금 추세로는 큰 그림이 바뀔 가능성은 없었다.

상반기까지 아시아 리전이 1등인 건 알고 있었다. 하지만 E디테일을 시행한 유럽 리전도 만만치 않은 기세였다. 그런데 결국 1등은 아시아 리전에 돌아간 것이었다.

코마케팅과 NEVA는 그의 고민의 산물이었다. 고생도 했지만, 고민하고 고생한 것 이상의 성과를 보이자 기쁘지 않을 수 없었다.

"그럼 유럽 리전은 어떻습니까?"

"아, 유럽이요. 유럽 리전은 다른 리전과 비교해 하반기에는 고전을 면치 못하고 있습니다. 막대한 자금을 투자한 E디테일의 홍보로 초반에 반짝 잘나가던 매출도 시간이 지나면서 지지부진한 모습입니다."

유빈도 유럽 리전의 매출이 떨어진 건 인지하고 있었다. 상반기에 잘나갔지만 유빈은 결국 이런 상황이 올 거라는 것을 예상했다.

E디테일에는 리베이트가 끼어들 자리는 없었지만, 의사와 MR 간의 소통도 없었다.

MR이 직접 와서 약품을 디테일하고 처방을 부탁하는 일에 익숙해 있는 의사들을 컴퓨터 시스템만으로 움직이기에는 힘들었다.

"이사회에서도 아직은 E디테일 시스템이 시기상조라는 평이 대부분이어서 에이티제이와의 성공적인 합병으로 CEO 자리를 굳건히 하려던 마크 램버트에게 악재로 작용하고 있는 것 같습니다. 이야기를 전해 들었는데 몇몇 대주주 측에서 마크 램버트 CEO에 대해 안 좋은 평가를 하기 시작했다고 합니다."

"아무리 E디테일이 성공하지 못했다고 해도 너무 성급히 판단하는 것 아닙니까?"

마크 램버트의 편을 드는 유빈을 의외라는 눈빛으로 쳐다보며 나라옌이 설명을 이어 갔다.

"E디테일도 그렇고 마크 램버트가 CEO로 근무한 지난 몇 년간 매출이 계속 정체되었기 때문입니다. 더 중요한 건 그 문제를 돌파할 비전을 보이지 못하고 있는 거고요. 예를 들어, 에이티제이 합병으로 세이브 한 금액이 상당하지만, 마크 램버트 CEO는 그 돈을 어떻게 쓸 건지에 대한 의견을 전혀 밝히지 않고 있습니다."

"음……."

나라옌의 마지막 말에 유빈의 표정이 무거워졌다.

"누구는 신중해서 그렇다고 말하지만, 제가 보기에도 딱히 투자할 곳을 찾지 못하고 대주주의 눈치를 살피는 모습입니다. 투자금은 있는데 투자할 곳을 찾지 못한다? CEO로서 어울리지 않는 모습입니다."

유빈의 생각이 깊어졌다.

제네스 글로벌 CEO라면 회사 운영은 마음대로 할 수 있을 줄 알았다. 하지만 마크 램버트조차 대주주를 신경 쓰고 있었다.

듀레인 회장 역시 비슷한 말을 했다.

자신이 CEO로서 롱런할 수 있었던 비결은 매출이 성장하기도 했지만, 대주주를 자신의 편으로 만들었기 때문이라는 말이었다.

"마크 램버트 때문에 이야기가 조금 무거워졌군요. 그 짐은 어차피 CEO가 짊어져야 할 것입니다. 글로벌 CEO의 자리는 그런 거죠."

때마침 메인 요리가 나오면서 분위기가 전환되었다.

다시 표정이 밝아진 미스터 나라옌이 감탄을 거듭하며 입을 열었다.

"음식에 집중하느라 두 번째 좋은 소식을 전한다는 것을 깜박할 뻔했군요. 하하."

"기대가 됩니다."

"그럴 겁니다. 이번 소식은 회사에도 영광이지만 미스터 킴 개인에게도 특별한 일일 테니까요."

무슨 일인지는 몰라도 나라옌은 꽤나 뜸을 들였다.

"미스터 킴, 혹시 WBDA라고 들어봤습니까?"

"WBDA요? 세계사업개발상 아닙니까?"

WBDA, World Business Development Award의 약자로 2000년에 시작해 2년에 한 번씩 시상하며 유엔개발계획과 국제상업회의소 및 국제경제지도자포럼이 수여하는 영광스러운 상이었다.

"맞습니다. 제약업계에서는 노티스의 말라리아 퇴치 사업이 상을 한 번 받았었죠."

"설마……."

"네! 올해는 NEVA가 WBDA를 수상하게 되었습니다!"

상상하지도 못한 일이었다.

놀람에 아무런 대답도 하지 않는 유빈을 향해 나라옌 CEO가 축하의 의미로 손을 내밀었다.

"이건 정말 대단한 일입니다."

나라옌이 돋보기와 핸드폰을 꺼내 이메일을 읽어 내려갔다.

"WBDA는 NEVA가 제약업계에 오랫동안 뿌리박힌 관습을 없애 주기를 기대하고 있습니다. 리베이트 관행의 소멸은 곧 약가 인하로 이어져 많은 사람들이 약품을 구입하는 비용을 줄일 수 있을 것으로 보입니다. 제네스 차이나에서 보여준 NEVA의 가능성은 인류 복지에 큰 기여를 할 것으로 기대됩니다. 대충 이런 내용입니다."

"얼떨떨하네요. NEVA는 이제 시작인데 그렇게 큰 상을 받아도 되는지 모르겠습니다."

"후후, 줄 만하니까 주는 겁니다."

유빈 덕분에 아시아 리전 CEO로 같이 상을 받게 된 나라엔 역시 미소를 감추지 못했다.

이번 수상과 함께 NEVA가 업계에 자리 잡게 되면 유빈의 이름은 제약업계에서 다니엘 듀레인 같은 고유명사가 될 가능성이 컸다.

"시상은 뉴욕 유엔본부에서 이번 달 20일에 있을 예정입니다."

"20일이요? 잘되었군요."

아직까지도 믿기지 않았지만 날짜를 들은 유빈의 눈이 빛났다.

나비로이의 결과가 나온 만큼 안 그래도 마크 램버트와 담판을 짓기 위해 뉴욕에 갈 생각이었다. 동생인 인아와의 약속을 지키기 위해 오랫동안 기다렸던 순간이 다가오고 있었다.

유빈은 전에 뉴욕에 왔을 때와 마찬가지로 JFK 공항에서 바로 알파인으로 향했다. 하지만 이번에는 혼자가 아니었다.

"회장님, 이쪽은 제 피앙세입니다."

유빈의 소개에 듀레인 회장은 환한 웃음을 지었고 서윤의 얼굴에는 분홍빛이 번졌다.

약혼은 하지 않았지만, 여자친구라는 단어로는 그녀와의 관계를 설명하기가 부족해서 고른 단어였다.

서윤은 유빈으로부터 듀레인 회장의 이야기를 듣기는 했지만 실제로 마주하니 떨리는 건 어쩔 수 없었다.

듀레인 회장은 제네스의 회장이자 살아 있는 전설이었다. 그래도 그녀는 침착하게 미소를 지으며 수줍은 영어로 인사했다.

"안녕하세요. 서윤 주입니다. 제네스 코리아 마케팅 팀에서 일하고 있습니다."

"만나서 정말 반갑습니다. 유빈이 침이 마르도록 자랑을 했는데 그 이유를 알겠군요."

듀레인 회장의 말에 유빈은 그저 미소를 지었다.

서윤을 서 회장에게 소개한 것처럼 듀레인 회장과도 꼭 만나게 해주고 싶었다.

시간이 조금 흐르자 두 사람은 할아버지와 손녀처럼 다정하게 이야기를 나눴다. 듀레인 회장의 딸인 쥴리 해밀턴까지 합세하자 조용했던 대저택에 웃음이 끊이지 않았다.

한참 대화를 나누던 쥴리 해밀턴이 아버지가 유빈과 따로 할 이야기가 있다는 것을 알고 서윤에게 집을 구경시켜 준다며 자리에서 일어났다.

서윤도 유빈에게 미소를 보내고는 자리에서 일어나 그녀를 따랐다.

두 사람이 정원으로 나가는 모습을 흐뭇하게 지켜보며 듀레인 회장이 나지막이 입을 열었다.

"좋은 인생 파트너를 만났군."

"저도 그렇게 생각합니다."

차분한 유빈의 모습에 듀레인 회장의 입끝이 살짝 올라갔다.

나비로이를 아시아 리전에서 크게 성공시켰고 NEVA를 안착시켜 마크 램버트의 E디테일에 KO승을 거뒀다. 더해서 큰 상까지 받게 되었는데도 유빈은 들떠 보이지 않았다. 그런 진중한 모습에서 사람을 끌어당기는 힘이 보였다.

"앞으로 어떻게 할 생각인가?"

유빈은 듀레인 회장이 질문하는 의도를 바로 알 수 있었다.

"마크 램버트에 대한 이사회와 대주주의 평가가 그렇게 안 좋은가요?"

"내가 CEO에서 물러났을 때, 주주들과 이사회에서는 마크 램버트가 제네스에 새로운 활력을 불어넣을 거로 기대했네. 세력 싸움으로 시간을 낭비하기는 했지만, 그런 와중에도 그만의 오리지널리티를 기대했던 거지. 그런데 실망한 걸세. 마크는 자신만의 경영을 해보려 했지만, E디테일의 실패는 그에게 뼈아픈 일이 되었네."

"음……."

"대주주와 이사회에서는 자네를 주목하고 있네. 올해 초까지만 해도 기대주에 불과했던 자네가 1년 만에 키 플레이어가 된 거지. 경력이 짧은 게 흠이기는 하지만, 지난 1년 동안 자네만큼 제네스에 영향을 끼친 인물은 없네. 게다가 WBDA를 수상하는 것도 한 몫을 했을 거네. 자네가 만약 마크 램버트의 정책에 반기를 든다면 나를 따르던 세력은 모두 자네 편에 서 있을 걸세."

유빈은 바로 대답하지 않았다.

지금 듀레인 회장의 말은 자신의 의중에 따라 글로벌 CEO 후보도 될 수 있다는 엄청난 이야기였다.

"회장님은 제가 어떻게 했으면 좋겠습니까?"

"나는 자네의 뜻을 따르겠네."

"마크 램버트가 비난받는 이유 중 하나는 저한테 있습니다."

"그게 무슨 소리인가?"

"에이티제이와의 합병에서 세이브한 인수 금액 말입니다."

"음, 4백억 달러(46조원) 정도이지. 그게 어쨌단 말인가?"

"에이티제이와 합병한 다음 날 아침에 마크 램버트는 저에게 북미 MSO(마케팅 전략 책임자) 자리를 제안했습니다."

"그랬었나?"

듀레인 회장이 화들짝 놀랐다.

마크 램버트가 그런 제안을 했다면 유빈의 능력을 얼마나 높게 봤는지 대번 알 수 있었다.

"하지만 전 거절했죠. 그때 그와 내기를 했습니다. NEVA가 실패한다면 E디테일의 보완점을 말해 준다고 했습니다."

"……NEVA가 성공한다면?"

"에이티제이와의 합병에서 세이브한 금액, 아까 말씀하신 4백억 달러를 제 마음대로 쓰게 해 달라고 했습니다."

💼

GENES NEW YORK WORLD HEADQUARTER

유빈은 건물에 새겨진 회사명을 보며 잠시 걸음을 멈췄다.

세 번째 방문이었지만 이번에는 특히 감회가 남달랐다. 오늘 마크 램버트 CEO와의 대화가 어떻게 되느냐에 따라 제네스와의 인연은 여기서 끝일 수도 있었다.

유빈은 왜인지는 모르지만, 문득 백서제약에서 ERP로 쫓겨나다시피 퇴직한 그날이 생각났다.

3년 동안의 회사 생활을 뒤로하고 수중에 퇴직금 천만 원이 전부였던 그 막막했던 기분.

퇴직과 여자친구의 이별 통보로 힘들었던 그때가 지금 돌이켜 보면 기회이자 인생의 전환점이었다.

만약 그때 아무 일 없이 백서제약을 다녔다면 유빈은 평생 뉴욕에도 한 번 와 보지 못했을 수도 있었다.

그리고 스승님.

유빈은 냉동창고에서 스승님과의 만남이 우연이 아니라는 사실을 이제는 어렴풋이 깨닫고 있었다.

스승님은 네 번째 전생까지 보게 되면 계룡산으로 만나러 오라는 말씀을 남기시고 떠나셨다.

네 번째에 어떤 전생을 마주하게 될지는 몰라도 어렴풋한 깨달음을 확실하게 해줄 뭔가가 기다리고 있다는 것을 알 수 있었다.

스승님과 함께 전생을 하나씩 돌이켜보자 마음이 가벼워진 유빈은 다시 발걸음을 앞으로 놓았다.

깔끔하게 정장을 차려입은 유빈이 건물 안으로 들어서자 씨큐리티가 먼저 그를 맞았다.

"오, 미스터 킴!"

시큐리티와도 세 번째 만남이었지만 통성명을 한 기억은 없는데 그는 유빈의 이름을 바로 불렀다.

"절 기억하는군요?"

"당연하죠. 제네스 직원이라면 미스터 킴을 모를 수 없죠."

"네?"

씨큐리티가 로비에 설치된 대형 화면을 손가락으로 가리켰다. 화면에는 제네스의 홍보 영상이 연속해서 상영되고 있었다. 잠시 집중하던 유빈의 동공이 확대되었다.

그저께 유엔본부에서 WBDA를 수상하고 나오면서 CNN과 인터뷰한 화면이 벌써 홍보 영상 속에 들어가 있었다.

유빈은 그제야 씨큐리티의 말을 이해할 수 있었다.

"허⋯⋯."

아니나 다를까 로비를 지나가던 직원들이 영상과 유빈을 비교하며 흘깃흘깃 번갈아 쳐다보기 시작했다.

수군거리기는 하지만 그들의 입가에는 미소가 가득했다.

조금만 더 머물렀다가는 사인이라도 해줘야 할 판이었다.

"저는 뉴스로 봤는데 멋있었습니다. 남자라면 그 정도 용기는 있어야죠."

"크흠⋯⋯ 고맙습니다. 그런데 이제 지나가도 될까요? CEO를 기다리게 하면 안 되잖아요."

"제가 27층으로 안내해 드리죠."

유빈은 이 사람으로부터 빨리 벗어나고 싶었지만, 그는 엘리베이터 안에서도 말을 멈추지 않았다. 덩치와는 전혀 어울리지 않는 수다였다.

"여자분이 좋아했겠습니다."

"좋아하기도 했지만 당황했죠……."

"전 세계에 중계됐으니 당황할 만도 합니다. 하하하."

유빈은 상을 받고 나온 직후 CNN과 인터뷰를 했다.

NEVA에 관한 설명과 앞으로의 계획에 대해 짧게 인터뷰하고 마치려는 찰나, 유빈의 눈에 유엔 본부를 배경으로 한 폭의 화보처럼 서 있는 서윤이 들어왔다. 그 순간 탄천에서 산책할 때 그녀가 농담이라면서 원했던 프로포즈가 떠올랐다.

"저, 이거 라이브는 아니죠."

"네. 아닙니다. 왜 그러시죠."

"잠깐 실례하겠습니다."

유빈은 카메라를 한 번 쳐다보고는 서윤에게 고개를 돌렸다. 하고 싶은 말은 많고 멋지게 이야기하고 싶었지만, 카메라가 앞에 있었기 때문에 유빈은 그저 진심을 담아서 프로포즈했다.

"서윤아, 사랑해. 나랑 결혼해 줄래?"

인터뷰하는 유빈의 멋진 모습에 눈에 하트를 그리고 서 있던 서윤의 얼굴이 순식간에 붉어졌다.

인터뷰를 진행하던 CNN기자와 카메라맨, 옆에서 기다리고 있던 나라엔 CEO와 주변의 구경꾼까지 유빈의 돌발 행동에 황당해하는 것도 잠시, 다들 곧바로 행복한 미소를 보였다.

서윤 역시 당황했지만, 머뭇거림 없이 고개를 끄덕였다.

"그럼요."

유엔 본부 앞 광장에 때아닌 환호성이 울려 퍼졌다.

프로포즈에는 성공했지만, 라이브가 아니기에 유빈은 설마 이 장면을 CNN이 내보낼 거라고는 생각하지 못했다.

당연히 편집될 거라고 여겼던 장면이 그날 저녁 뉴스를 탔고 서윤의 말처럼 전 세계에 '난 이제 한 여자의 남자다'라고 공표한 셈이 되었다.

사람들의 뇌리에서 곧 잊힐 이야기겠지만 씨큐리티가 계속 언급을 하니 어색한 건 어쩔 수 없었다.

하지만 그의 마지막 말에 유빈은 웃음을 지었다.

"부럽네요. 그 정도 용기면 어떤 일도 잘 해낼 수 있을 겁니다. 미스터 킴, 결혼 축하합니다."

"고맙습니다."

처리할 일이 있었는지 유빈이 들어와 앉았는데도 한참 동안 서류를 들여다보던 마크 램버트가 결재를 마무리하고 유빈의 맞은편에 앉았다.

유빈의 얼굴을 응시하던 그가 입을 열었다.

"좋아 보이는군."

"본사에 들어오기 전에는 기분이 조금 무거웠는데 홍보 영상을 보고서 좀 나아졌습니다."

"WBDA 수상은 회사 차원에서는 큰 홍보거리니까. 홍보팀에서 잘 만들었더군."

대놓고 말은 안 했지만, 유빈은 홍보 영상이 마크 램버트가 지시한 사항이라는 걸 알 수 있었다. 아무리 홍보팀에서 재빠르게 영상을 만들었다고 해도 그가 승인하지 않았으면 어림없는 일이었다.

공과 사가 철저한 마크 램버트를 향에 유빈이 고개를 끄덕이며 물었다.

"오늘은 로렌스 COO가 보이지 않는군요."

"이번 미팅에는 그를 부르지 않았네. 그러고 보니 이렇게 단둘이서만 이야기를 나눈 적은 없었던 같군."

"생각해 보니 그렇네요."

"그는 유능한 사람일세. 부하 직원으로 그만한 사람을 찾기는 힘들지."

"······저도 알고 있습니다."

난데없이 톰 로렌스를 칭찬하는 마크 램버트를 유빈이 의미심장한 눈빛으로 쳐다봤다.

"자, 그럼 샌프란시스코에서 나눴던 대화를 마무리해야겠지. 아시아 리전에서 훌륭한 실적을 냈더군. NEVA도 훌륭하게 자리 잡았고. NEVA 덕분에 제네스 차이나에서 매출은 물론이고 이미지도 좋아졌지. 내 생각이 틀렸다는 걸 인정하겠네."

조금 전 톰 로렌스의 이야기도 그렇고 너무 깔끔하게 인정하자 유빈은 오히려 기분이 이상했다.

"······감사합니다."

"두말할 것 없는 NEVA의 승리일세."

"NEVA도 E디테일처럼 제네스의 시스템일 뿐입니다."

"후후, 위로하는 건가? 아시아 리전과 유럽 리전의 나비로이 매출 차이가 시스템의 우위를 확실하게 보여 준 거네. 그러니까 쓸데없는 말은 하지 말게."

"그러니까······ 시스템의 우위란 말씀이시죠?"

"그렇지. E디테일도 유럽 리전에서의 실패를 바탕으로 보완하면 나아질 걸세."

유빈은 마크 램버트가 선을 그었다는 것을 알았다.

이번 패배는 시스템의 차원일 뿐 자신의 효율성을 중시하는 경영 방침에는 변함이 없다고 이야기하는 것이었다.

"샌프란시스코에서 약속하신 건 기억하시나요?"

"음, 4백억 달러는 잘 보관하고 있네."

대화 사이사이에 짧지 않은 침묵이 흘렀다.

"이사회에는 왜 말씀 안 하셨습니까?"

"뭘 말인가? 아, 4백억 달러의 사용처 말인가? 자네와 약속까지 했는데 내가 함부로 쓸 수는 없지 않나. 물론 계획은 다 세워 놨네. 내가 이길 줄 알았는데 그 계획도 쓸모없게 되었군."

"어디에 쓰실 계획이셨나요?"

"헬스케어 관련 IT 벤처를 몇 곳 인수할 계획이었네. 뭐, 아무려면 어떤가."

"그렇군요."

"어쨌든 그 돈은 내 손을 떠났으니 자네가 잘 활용하게나."

유빈은 쿨하게 이야기하는 그의 오라를 살폈다.

무거운 갑옷처럼 두껍게 그를 감싸고 있던 오라가 조금 얇아지기는 했지만, 여전히 유빈의 오라는 침투하지 못했다.

마크 램버트와 그의 오라를 같이 보던 유빈의 눈빛이 단단해졌다.

"궁금하지는 않으신가요?"

"뭐가 말인가?

"E디테일의 보완점 말입니다."

"아, 그렇지. 내가 내기에서 이기면 자네가 E디테일의 보완점을 가르쳐 준다고 했었지. NEVA가 이겼는데도 가르쳐 줄 생각이 있는 건가?"

"한번 들어 보시겠습니까?"

"그러지."

"이사회에서 E디테일의 도입을 시기상조라고 생각한다고 들었습니다."

"음……."

"하지만 저는 그렇지 않다고 생각합니다. 만약 유럽 리전에서 영업팀과 E디테일을 함께 운영했다면 결과는 지금과는 달랐을 겁니다."

"영업팀과 운영이라…… 그게 다인가?"

마크 램버트는 탐탁지 않은 표정이 되었다.

"물론 아닙니다. 미스터 램버트도 알고 계시겠지만, 과거의 마케팅 4P로는 새로운 트렌드를 따라가지 못하고 있습니다."

유빈의 말하는 과거의 4P는 Product(제품), Place(유통), Price(가격), Promotion(홍보)이었다.

아무런 대꾸가 없자 유빈이 계속 말을 이어 갔다.

"E디테일은 4개의 요소 중 Promotion에서는 MR을 배제한 완전히 새로운 시스템입니다. 하지만 나머지 3P는 기존의 것을 그대로 적용했습니다. 완전한 혁신이 아닌데다가 구습에서 벗어나지 못했기 때문에 의사들과 시장의 외면을 동시에 받은 겁니다."

"아직 감이 오지 않는군."

"E디테일을 의사만 사용할 수 있게 만든 게 패인입니다. 새로운 마케팅 요소에서는 소비자가 중심이 됩니다. 환자 교육, 의사와 소비자 모두를 위한 질환 교육, 환자들이 연결될 수 있는 커뮤니티 같은 소통 공간을 E디테일에 포함하면 의사와 소비자 간의 소통 통로를 넓힐 수 있습니다."

제약 마케팅의 새로운 4P는 예측 모델링(Predictive analysis), 개인화(Personalization), 개인 대 개인(Peer to Peer), 그리고 참여(Participation)였다.

유빈은 새로운 4P로 E디테일을 보완해야 한다고 말하는 것이었다.

"소통이라. 그런데 자네 말대로라면 MR이 더 필요 없는 것이 아닌가?"

"E디테일을 운영하면 MR은 기존과는 다른 역할을 해야 할 것입니다. 아무리 프로그램을 잘 만들어 놓아도 온라인상으로는 소통이 부족할 수밖에 없습니다. MR의 역할은 소비자의 트렌드와 의견을 의사에게 전달해 주고 병원 밖에서 의사와 환자가 만날 수 있는 장을 제공하게 될 겁니다."

마크 램버트가 유빈의 의견을 신중하게 곱씹으며 유빈을 응시했다.

'확실히 이 녀석은 다른 사람과는 달라.'

감탄했지만 바로 수긍하고 싶지는 않았다.

"E디테일에 관해 꽤 깊게 준비를 했군. 자네의 이야기만 들어도 알 수 있네. 그런데 본사 E디테일 팀도 상당히 오랜 기간을 준비했는데 왜 그런 점을 간과했는지 모르겠군."

"MR을 배제하는 것을 전제 조건으로 했기 때문에 한계를 확장하지 못했다고 생각합니다."

유빈의 대답을 들은 순간 마크 램버트는 자신이 너무 욕심을 부렸다는 사실을 깨달았다.

MR에 대한 부정적인 이미지가 큰 나머지 개발팀을 향해 영업팀의 배제를 강요한 사람이 바로 자신이었다.

"으음. 그런 거였나……."

마크 램버트가 긴 한숨을 뱉었다.

"한 가지만 더 말씀드리죠. 시스템이 아니더라도 사람의 심리상 MR은 꼭 필요합니다."

"심리?"

"미스터 램버트가 이해하실지 모르겠지만, 친구 관계에서 불만이 있는데 관계를 유지하기 위해, 또는 친구의 공격적인 태도 때문에 불만을 털어놓지 못하고 참으면 결국 점점 멀어지게 됩니다."

"왜 내가 이해 못 할 거로 생각하는 거지?"

"미스터 램버트라면 불만이 있는데 참지는 않을 것 같아서요."

"아."

금세 납득한 마크 램버트가 계속하라는 손짓을 했다.

"하지만 불만을 일단 털어놓으면 관계가 일시적으로 나빠질 수는 있지만, 평생 보지 않거나 사이가 완전히 틀어지게 될 확률은 낮습니다."

"그런데?"

"의사도 마찬가지입니다. 약이 환자에게 잘 듣지 않거나 부작용이라도 생기면 불만이 생길 수밖에 없습니다. 의사는 이런 이야기를 보통 MR에게 합니다. MR은 의사의 이야기를 경청하면서 여러 가지 자료를 사용해 그를 안심시키려 노력합니다."

마크 램버트는 이제야 유빈이 무슨 말을 하려는지 알 것 같았다.

"의사가 컴퓨터를 보면서 불만을 털어놓을 수는 없지 않습니까. 약에 관해 이야기할 곳이 없으면 점점 그 약을 처방하지 않게 되는 겁니다. 저는 그게 이번에 유럽 리전에서 벌어진 일이라고 분석했습니다."

이야기를 끝까지 들은 마크 램버트는 유빈이 일반적인 전략가와 다른 점을 그제야 알 수 있었다.

NEVA의 경우에도, 에이티제이와의 협상 때도 유빈은 해결책을 사람에게서 찾았다.

전략가는 큰 그림을 그리며 방향을 제시하는데 그치지만, 유빈은 방향도 제시하면서 그 그림 안에서 움직이는 사람도 살피는 것이었다.

"흐음, 자네의 생각을 이제야 이해했네. 자네는 사람에 대한 믿음이 확고하군."

"네. 전 시스템보다는 사람이 중요하다고 생각합니다."

효율적인 시스템이 회사를 바꿀 거로 생각하는 마크 램버트와 사람을 중요시하는 유빈.

마크 램버트는 유빈의 생각이 자신과는 완전히 달랐지만, 여전히 그가 품을 수 없는 사람이라고는 생각하지 않았다.

"이야기가 원점으로 돌아갔군. 4백억 달러를 쓰려면 적당한 자리를 맡아야겠지. 이사회에서도 자네를 주목하고 있는 것 같더군. 어떻게, 원하는 포지션이 있는가?"

마크 램버트는 백지 수표를 유빈에게 위임했다.

CEO를 제외하고는 어떤 자리도 쓸 수 있는 수표였다.

유빈도 마크 램버트의 의중을 파악했다.

"저에게 글로벌 BD팀의 헤드 자리를 주십시오."

"음."

본사 BD팀 헤드의 정식 직급은 Senior Managing Director
였다.

부회장(Vice Chairman), 사장(President, COO), 부사장(Senior
Executive Vice President) 다음으로 높은, 우리나라 직급으로 치면
전무 또는 전무이사급이었다.

마크 램버트는 백지 수표를 위임하기는 했지만, 유빈이 이
정도로 높은 직급을 선택할 거라고는 생각하지 못했다.

"자네는 항상 내 예상을 넘어서는군. BD팀 헤드라……."

"그 대신 4백억 달러의 반은 미스터 램버트가 알아서 쓰셔
도 됩니다. 저는 나머지만 있으면 됩니다."

유빈을 잠시 쳐다보던 그의 입술에서 무거운 웃음소리가
흘러나왔다.

"……후후, 전에도 이야기했지만, 자네는 정말 협상을 할
줄 아는군. 자네 말대로 하지."

아시아 리전에서의 업무를 마무리한 유빈은 길지 않았지
만, 같이 일했던 동료들의 아쉬움과 축하를 뒤로하고 뉴욕
본사로 자리를 옮겼다.

작별 인사를 나눌 때, 특히 정이 많이 든 루이자 우드는 눈

물까지 훔쳤고 미스터 나라옌은 악수하기 위해 잡은 손을 쉽게 놔주지 않았다.

한편, 타츠야와 리센위는 유빈과 함께 본사 BD 팀에 합류하게 되었다. 유빈의 직급은 누군가를 다른 리전에서 스카우트해 와도 전혀 이상할 것이 없는 위치였다.

타츠야는 제네스 재팬의 전문의약품 사업부 마케팅 헤드로 갈 수 있었지만, 일 년만 더 함께하자는 유빈의 제안을 받아들였다.

연말에 일본에 있는 가족들과의 시간을 갖은 타츠야는 유빈과의 만남이 제네스에서 자신에게 생긴 최고의 행운이라고 생각했다.

리센위 역시 1초의 망설임도 없었다.

승진은 물론이거니와 그가 유빈에게 배우는 것은 돈 주고도 살 수 없는 것들이었다.

리더십, 사람을 대하고 다루는 방법, 영업 마인드의 적용, 전략적 사고 등등. 리센위는 능력적으로나 인격적으로 자신에게 1년 동안 많은 변화가 생겼음을 느끼고 있었다. 모두 유빈에게 받은 영향이었다.

본사 BD 헤드로 임명된 유빈의 업무실은 마크 램버트 CEO 집무실의 두 층 아래인 25층에 자리 잡고 있었다. 아시아 본부 BD 매니저 업무실도 널찍하고 좋았지만, 지금 유빈이 들어와 있는 공간에 비하면 아무것도 아니었다.

23층부터는 임원들의 업무실과 회의실만 있어서 일반 사원을 부르지 않는 이상 마주칠 일도 없었다. 완벽하게 독립적인 공간에 개인 비서마저 있어서 출세했다는 마음이 저절로 드는 공간이었다.

잠시 창밖의 풍경을 감상한 유빈이 내선 전화를 들어 비서를 찾았다.

"미스 하워드."

"네, 전무님."

"내일 오전 10시에 BD 부서 미팅 잡아주세요."

"알겠습니다. 전무님."

"그리고 BD 부서가 있는 층에 책상이 들어갈 공간이 있는지 알아봐 줘요."

"공간이요? 누가 새로 오나요?"

마크 램버트의 지시에 따라 제네스 유럽 리전에서는 유럽의 비뇨기과 의사들로부터 E디테일에 관한 설문 조사를 받았다.

톰 로렌스와 함께 설문 조사 결과 보고서를 확인한 마크 램버트의 미간이 내 천(川) 자를 그렸다. 의사들의 E디테일에 대한 평가는 유빈이 분석한 내용과 거의 일치했다.

"미스터 램버트, 그럼 결과를 바탕으로 E디테일 보완 작업에 들어가겠습니다."

"음, 로렌스. 이 자료도 참고하라고 해."

마크 램버트가 책상 서랍에서 꺼낸 보고서를 그에게 건넸다.

"이건⋯⋯?"

"유빈 킴이 E디테일 보완점을 정리해서 만든 보고서야. 원인 분석은 설문 조사 결과와 크게 다를 바가 없는 것 같으니까 E디테일 팀에 건네줘."

"미스터 킴이요? ⋯⋯알겠습니다."

"BD 부서에서 다른 소식은 없나?"

톰 로렌스는 마크 램버트가 유빈이 본사로 옮긴 후, 부쩍 그를 신경 쓰고 있다는 것을 알 수 있었다.

그럴 만도 했다.

NEVA에 대한 자기 예상이 틀렸다고 4백억 달러라는 천문학적인 예산의 사용권을 유빈에게 넘긴 마크 램버트도 대단했지만, 임원으로 승진하면서 2백억 달러를 다시 넘겨준 유빈도 보통 배짱이 아니었다.

원래 4백억 달러를 쓸 수 있었던 것을 반을 뚝 잘라 마크 램버트에게 넘겼다는 것은 다시 한 번 승부를 겨뤄 보자는 의미였다.

NEVA가 E디테일에 압승을 거뒀지만, 회사 경영 방침에 변화가 없는 마크 램버트에게 던지는 유빈의 새로운 도전장이었다.

"아직 공식적으로 발표한 것은 없지만, BD 부서는 매우 바쁘게 돌아가는 것 같습니다. 그리고 아무리 그가 예산권을 가지고 있지만 뭔가를 하려면 절차상으로라도 CEO의 승인을 받아야 하니까 바로 알게 되실 겁니다."

"아, 그렇지. 내가 너무 급했군. 그나저나 트루 헬스 아날리틱스(True Health Analytics) 쪽하고는 협상 스케줄 잡았나?"

"네, 날짜는 컨펌했습니다."

"분위기는 어때?"

"25억 달러(3조 원)의 인수 금액 제안에 긍정적인 답변을 보내 왔습니다."

"음, 자네 표정을 보니 금액이 과하다고 생각하는 모양이군."

마크 램버트는 적극적이지 않은 톰 로렌스의 대답에 그의 의견을 물었다.

1년 전에는 볼 수 없었던 태도였다.

에이티제이와의 합병 협상 이후로 자신의 의견을 적극적으로 표명하고 때로는 마크 램버트의 의견에 반하는 주장을 펴기도 하는 톰 로렌스의 태도를 마크 램버트가 좋은 쪽으로 받아들인 것이었다.

"금액보다도 왜 첫 인수합병 대상 업체가 트루 아날리틱스인지 잘 모르겠습니다. ADC(Antibody Drug Conjugate, 항체 약물 결합체) 같은 기반기술력이 있는 바이오벤처를 먼저 잡아야 하지 않을까요?"

"물론 ADC도 중요하지. 하지만 큰 그림을 보면 앞으로 제약회사도 신약 개발부터 마케팅 전략 수립까지 빅 데이터에 의존할 수밖에 없어. 트루 아날리틱스는 헬스케어 데이터 관리와 분석 분야에서는 업계에서 세 손가락 안에 드니까."

톰 로렌스는 큰 그림을 그린다는 마크 램버트의 대답에 겉으로는 고개를 끄덕였지만 속으로는 갸우뚱했다.

마크 램버트는 얼마 전까지만 해도 빅 데이터 업체에 관심이 없었다.

"미스터 킴도 E디테일에 관해 이야기하면서 새로운 4P 중에 예측 모델링(Predictable Analysis)을 언급했어. 그도 분명 관련 회사를 인수하려고 할 거야."

역시나 마크 램버트는 유빈을 과하게 신경 쓰고 있었다. 톰 로렌스는 한마디 하려고 했지만, CEO가 잡은 방향은 잘못된 것이 아니었기 때문에 입을 다물었다.

두 달이 지나고 마크 램버트는 트루 헬스 아날리틱스의 공식 합병 의사를 발표했다.

이번 합병 외에도 다양한 벤처와 스타트업 기업을 눈여겨보고 있다는 그의 말에 헬스케어 업계는 다시 그의 입을 주목했다.

그러는 와중에도 유빈의 BD 부서는 조용했다.

BD 부서 직원들이 미국과 유럽에 있는 신약 개발 연구소를 비롯해 아프리카와 아시아로 뻔질나게 출장을 다니고 있다는 사실은 알고 있었다.

"이상하단 말이야. 이상해. 도대체 2백억 달러를 어디다 쓰려고 이렇게 조용한 거지…….."

마침 그의 내선 전화에 붉은빛이 들어왔다.

"미스터 램버트, BD 부서 미스터 킴의 미팅 요청입니다."

"들어오라고 해."

마크 램버트가 한 손에 두꺼운 바인더를 들고 다가오는 유빈을 응시했다.

'그래, 드디어 왔구나. 무슨 일을 벌이려는지 어디 한번 보자.'

가벼운 인사를 나눈 유빈이 바인더를 마크 램버트의 앞에 놓으며 본론으로 들어갔다.

"자료는 오기 전에 메일로 보냈습니다. 바인더를 보면서 설명하겠습니다."

바인더의 자료를 한 장씩 넘겨보는 마크 램버트의 표정이 기묘했다.

유빈이 각 장마다 자세한 사업 설명을 했지만, 그는 듣지도 않는 것 같았다.

마지막 장까지 확인한 그는 여전히 알쏭달쏭한 표정을 유지했다.

"……이게 1년 동안의 사업 계획이라고?"

"네, 지난 두 달간 준비한 겁니다. CEO께서 승인해 주시면 바로 시작할 생각입니다."

평온한 유빈의 태도와 의도를 알 수 없는 그의 사업계획서에 마크 램버트의 혈압이 올라갔다.

"지금 날 놀리는 건가? 인수합병 계획은커녕 수익을 창출하는 사업은 하나도 없지 않은가!"

"때로는 비효율적으로 보이는 것이 효율을 넘는 법입니다."

"도대체 무슨 소리를 하는지 모르겠군."

"연말이면 아시게 될 겁니다."

"크흠, 평소라면 절대 승인하지 않았겠지만, 2백억 달러는 자네가 어떻게 쓰든 관여하지 않겠다고 약속했으니 더 말하지 않겠네. 다만, 내가 넘어간다고 해도 이게 자네의 발목을 잡을 수 있다는 사실을 명심하게."

마크 램버트가 신경질적으로 바인더를 유빈에게 밀었다.

"CEO께서 합병을 비롯한 수익 창출 사업에 집중하실 테니까 저는 이쪽에 집중하겠습니다."

"자네의 생각을 정말 모르겠군. 나가 보게."

"알겠습니다."

유빈이 나가고 한참 뒤에도 마크 램버트는 이해를 못 하겠다는 듯이 고개를 저었다.

"모르겠어…… 저런 사업이 무슨 의미가 있다는 거지……."

다른 사람이었다면 그냥 무시했겠지만, 상대는 유빈이었다. 그의 자신감이 마크 램버트의 신경을 계속 건드렸다.

마크 램버트의 승인을 받은 유빈이 BD 헤드로서 처음 시작한 일은 소아 희귀병 연구 프로젝트였다.

다니엘 듀레인 회장이 시작한 연구사업으로 과거 유빈의 여동생인 인아가 앓았던 부신백질이영양증의 증상 완화제를 개발한 성과를 내기도 했다.

마크 램버트가 CEO가 되면서 효율성을 중시한 예산 절감을 위해 프로젝트를 셧다운 시켰다.

마크 램버트의 행동은 유빈이 글로벌 CEO를 목표로 삼게 된 직접적이 이유가 되었다.

유빈은 드디어 동생인 인아와의 약속이자 전 세계 수많은 환우에게 희망을 줄 수 있는 일을 재개할 수 있다는 생각에 가슴이 두근거렸다.

두 달의 준비하는 기간에 신약 개발 연구소를 다니며 연구팀을 모집했고 인력을 확보했다.

프로젝트의 첫 번째 대상 질환은 물론 부신백질이여양증이었다. 이번에는 완벽한 치료제를 개발하기 위한 충분한 투자를 할 수 있었다.

유빈이 희귀병 연구 프로젝트의 책임자라면 타츠야는 '미래의 동반자 재단'을 출범했다.

'미래의 동반자 재단'은 어려운 환경에서 의대에 진학한 학생에게 장학금을 전달하는 동시에 의료인을 위한 최신 의학정보를 무료로 제공하는 사이트인 MD Friends를 운영하는 일을 맡았다.

BD 부서의 사회공헌 프로젝트는 끝없이 이어졌다.

유빈은 BD 부서 팀장급 직원 열 명이 각 프로젝트의 책임자로서 운영하는 방식을 선택했다.

처음에는 낯설어하던 직원들도 직접 긍정적인 피드백을 받기 시작하자 가족의 일처럼 열정을 다해 프로젝트를 운영했다.

제네스는 아프리카에서 활동하는 '국경 없는 의사회'의 공식 파트너이자 후원사가 되었고 동물의약품 부서와 협업해 하와이의 휴메인 소사이어티와 같은 유기견과 유기묘 쉼터를 중국과 한국에 건립하기로 했다.

사실 수많은 제약회사가 사회 공헌 프로그램을 운영하고 있기는 하지만, 벌어들이는 이익에 비하면 조족지혈이나 다름없었다. 어찌 보면 생색만 낸다고 할 수 있었다.

하지만 유빈은 전례 없는 자금력을 바탕으로 제대로 프로그램을 운영했다. 그렇다고 자금을 함부로 운용하지는 않았다. 수많은 사회 공헌 프로젝트에도 2백억 달러를 다 쓰려면 20년이 넘게 필요했다.

마크 램버트도 천문학적인 돈을 잘 활용하며 스타트 업 기업을 계속 인수했지만, 제약업계 안에서만 이슈가 될 뿐 일반인은 잘 알지 못했다.

그에 비해 유빈이 이끄는 BD팀의 사회 공헌 프로그램은 기부와 자원봉사라는 전 세계적인 트렌드를 생성해 갔다. 뉴스 또한 한 주가 멀다 하고 제네스의 사회 공헌 프로젝트를 다뤘다.

안 좋은 뉴스가 가득한 이 시대에 제네스의 이름은 희망을 대신하고 있었다.

처음에는 유빈이 헛돈을 쓴다며 비판하던 주주와 이사회도 가시적인 성과가 나오면서 입을 다물었다.

작년 세계에서 가장 존경받는 기업 순위에서 10위 밖으로 미끄러졌던 제네스는 창사 이래 처음으로 1위를 차지했다.

그뿐만이 아니었다.

제네스에 대한 인식이 의료진과 일반인을 가리지 않고 좋아지면서 매출이 급격히 증대되었다.

의료진은 제네스라는 이름을 신뢰하며 약을 처방했고 환자 역시 일반 약품은 물론이고 전문 약품도 제네스 약품으로 처방받기를 원했다.

유빈이 시작한 일은 일견 성취와는 상관없는 비효율적인 방식으로 보였지만, 브랜드 가치가 올라감으로써 어떤 방법보다 효율적이게 된 것이었다.

4분기가 끝나고 몇 년간 정체되어 있던 제네스의 글로벌 매출은 한 단계 도약한 성적을 보여 줬다.

"내가 졌네. 완패야."

마크 램버트는 유빈을 마주하자마자 한숨과 함께 백기를 들었다.

그가 CEO로 재임한 이후 어떻게든 돌파하려던 목표를 유빈은 단 1년 만에 해낸 것이었다.

"자네가 처음 사업 계획서를 가지고 왔을 때, 나는 지금과 같은 결과를 전혀 예상하지 못했네. CEO라면 앞을 내다볼

줄 아는 통찰력이 필수인데 나는 두 번 모두 헛다리를 짚었지. 할 말이 없네."

유빈의 따뜻한 오라가 두꺼운 갑옷이 무장 해제된 마크 램버트의 오라를 감쌌다.

"패자는 없습니다. 우리 모두 승자입니다."

"……."

마크 램버트가 물끄러미 유빈의 눈을 쳐다봤다.

그 어디에도 승자의 오만함이나 승리의 기쁨을 만끽하는 눈빛은 없었다.

"미스터 램버트가 인수합병을 통해 효율성을 추구하고 저는 반대편에서 사회공헌 프로그램에 매진했기 때문에 균형이 맞춰진 겁니다."

"자네는 정말……."

자본주의 이름 아래서 이윤의 추구가 궁극적인 목표인 기업은 늘 승자와 패자가 결정되어 패자는 도태되는 피도 눈물도 없는 냉정한 곳이었다.

하지만 유빈은 그런 이분법을 거부했다.

"서양에는 헤겔의 정반합 사상이 있고 동양의 불교에서는 중도(中道, middle of the road)라는 수행법이 있죠. 결국, 한쪽으로 치우쳐서는 안 된다는 말입니다. 제가 미스터 램버트에게 해주고 싶은 말이었습니다."

"그럼 자네가 애초에 나한테 2백억 달러를 넘긴 것도……."

유빈이 고개를 끄덕였다.

대답을 듣지 않아도 마크 램버트는 그가 처음부터 지금의 상황을 예견했다는 것을 알 수 있었다.

정신을 차린 마크 램버트가 진지하게 유빈을 마주했다. 쉽게 입이 떨어지지는 않았지만 그래도 힘겹게 머릿속에 계속 맴돌고 있던 생각을 밖으로 꺼냈다.

"아무래도 자네가 제네스 CEO의 적임자인 것 같군. 자네라면 제네스가 다시 한 번 황금기를 구가할 수 있을 거야."

"아닙니다. 저는 미스터 램버트가 계속 CEO를 맡아주셨으면 합니다."

"……어째서."

이해가 되지 않았다.

유빈은 전에도 MSO 자리를 거절하기는 했지만, 제네스 글로벌 CEO는 제약업계의 정점에 있는 자리였다.

그런 엄청난 자리를 유빈은 단 1초의 망설임도 없이 괜찮다고 하고 있었다.

"제 판단으로는 미스터 램버트가 CEO에서 물러난다고 해도 제가 당장 제네스의 CEO가 되기는 힘들 겁니다."

"자네가 지금까지 해온 일로 봐서 나는 가능성이 크다고 생각하는데."

"보수적인 이사회와 대주주 측에서는 제네스에서의 경력이 짧은 것은 둘째치고 아시아인인 저를 달가워하지 않을 겁니다. 물론 그것과 상관없이 저를 지지하는 분이 더 많아서 CEO가 될 수도 있습니다. 하지만 그렇게 되면 제네스는 다시 두 편으로 쪼개질 겁니다."

"음……."

마크 램버트도 취임 초부터 최근까지 겪었던 일이었기 때문에 유빈의 말을 충분히 이해했다.

"올해 매출이 성장하기는 했지만, 여전히 어려운 시기입니다. 힘을 합쳐서 헤쳐 나가도 모자란 판에 분열되어서는 1등자리를 내줄지 모릅니다."

마크 램버트가 조금 전과는 또 다른 눈빛으로 유빈을 바라봤다.

"자네는…… 정말 회사를 아끼는군. 자기 자신보다도 더. 어떻게 그럴 수 있지?"

"그 대답은 이 편지로 대신할 수 있을 것 같군요."

유빈이 정장 안쪽에서 하얀 종이봉투를 꺼냈다.

"……이게 뭔가? 편지?"

"읽어 보십시오. 존 램버트 씨가 전해 주신 겁니다."

존 램버트의 편지는 듀레인 회장을 통해 받았다.

전에 알파인에서 유빈이 마크 램버트의 가족 소식을 알아봐 달라고 했는데, 듀레인 회장이 결국 찾아낸 것이었다.

패배를 인정하면서도 크게 흔들리지 않았던 마크 램버트의 눈동자가 눈에 띄게 흔들렸다.

"……아버지가? 어떻게?"

편지를 건네받았지만, 그는 쉽게 봉투를 열지 않았다.

여러 가지 표정이 그의 얼굴을 스쳐 지나갔다.

"미스터 램버트가 경영 방침으로 '효율'을 중시하는 것을 넘어 집착하는 모습을 보고 이유를 생각해 봤습니다. 그러다가 듀레인 회장님으로부터 미스터 램버트의 과거 이야기를 듣고 힌트를 얻을 수 있었습니다."

"……회장님이 그런 이야기를 하셨나?"

"네. 미스터 램버트의 아버지께서 운영하던 공장이 어려워진 상황에서 직원들을 해고하지 않는 비효율적인 선택을 했기 때문에 가족이 뿔뿔이 흩어졌다고 하셨죠."

"그건 사실이네."

마크 램버트의 표정이 굳어졌다.

"제가 알아보니 그렇지도 않더군요. 공장을 운영할 때보다 어렵기는 했지만, 가족이 흩어지거나 하지는 않았죠. 단지 미스터 램버트가 대학교에 입학하자마자 집을 나와서 더는 찾지 않은 거죠."

"……자네는 모를 거네. 그때의 내 기분을 알 리가 없지."

"네, 맞습니다. 저는 그때의 기분을 모릅니다. 하지만 지금은 미스터 램버트가 무슨 생각을 하고 계시는지 알 것 같습니다. 집에, 가족에게 돌아가고 싶으신 거죠?"

"……무슨 말도 안 되는!"

소리는 질렀지만, 유빈은 그의 페르소나가 조금씩 깨지는 것을 알 수 있었다.

"효율을 중시한 회사 경영으로 제네스에서 성공하면 아버지가 틀렸다는 사실을 증명하고 당당하게 집으로 들어갈 수 있다고 생각하신 건 아닌가요?"

"……."

"지금 미스터 램버트의 아버지가 무슨 일을 하고 있는지 아시나요? 필라델피아에서 작은 약품 유통업체를 운영하고 있습니다. 제네스 약품을 주로 취급하죠. 아들이 제네스의 CEO가 되자 도울 게 없는지 찾아보다가 시작하셨다고 하시더군요. 가족에게는 미스터 램버트가 성공했든 안 했든 그게 중요하지 않습니다. 그저 보고 싶어 하셨습니다. 그게 전부고 가장 중요한 겁니다."

유빈의 이야기를 듣고 한참 말을 잇지 못한 마크 램버트가 천천히 편지를 꺼내 읽었다.

눈물이 고이지는 않았지만, 그의 오라는 크게 요동치고 있었다. 유빈은 마크 램버트가 마음을 추스를 때까지 가만히 기다렸다.

　"······왜?"

　마크 램버트가 천천히 입을 뗐다.

　"······왜 이렇게까지 하는 거지?"

　"미스터 램버트가 행복하기를 바라기 때문입니다. 영업사원으로서 제 모토죠. 주변 사람을 행복하게 해주면 그 사람이 나를 행복하게 해 준다."

　"영업사원?"

　"제가 영업사원으로 일할 때 제 마음가짐은 영업사원인 동시에 저 자신을 CEO라고 생각하면서 일했습니다. 그런데 내근직에서 일하게 되면서 반대가 되었습니다. 저는 저 자신을 항상 영업사원이라고 생각하고 일했습니다. 그리고 어쩌면 미스터 램버트가 제네스에서 제 마지막 영업 대상일지도 모르겠군요."

　"자네, 설마······."

　유빈이 마크 램버트를 향해 진중하게 고개를 끄덕였다.

　"네. 회사를 그만둘 생각입니다. 제네스에서 제가 목표로 한 건 이미 이뤘습니다."

　유빈은 희귀병 연구 프로젝트와 동생인 인아의 이야기를 털어놨다.

　"그런 일이 있었군······. 그런데 꼭 그만둬야 하나? 자네가 옆에서 도와주면 무서울 게 없을 것 같은데."

"저는 새로운 길을 가야 할 것 같습니다."

마크 램버트는 전혀 이해가 되지 않던 유빈의 결정이 이제야 조금 이해되었다. 애초에 유빈의 동기는 명예나 돈이 아니었다.

유빈의 단호한 대답에 마크 램버트는 무겁게 고개를 끄덕였다.

"미안하네. 내가 효율적인 경영이라고 결정한 일이 자네에게는 상처가 되었군."

"미스터 램버트 덕분에 여기까지 올 수 있었으니 미안해하지 않으셔도 됩니다."

"하하, 그런가? 그럼, 말을 바꾸지."

마크 램버트가 잠깐 뜸을 들였다.

"고맙네."

"가족을 꼭 찾아가 보십시오."

"……알겠네."

"미스터 램버트가 내릴 결정으로 영향받는 사람이 있다는 걸 항상 잊지 마십시오. 그리고 사회 공헌 프로젝트는 꼭 이어가 주십시오. 그게 제가 바라는 전부입니다."

"자네가 영업사원이라면 누구라도 넘어갈 걸세. 걱정하지 말게. 자네는 나의 마음을 움직였네."

마크 램버트와의 대화를 마치고 홀가분한 마음으로 맨해튼의 맨션으로 돌아온 유빈은 한시라도 빨리 호심법을 수행하고 싶은 마음이 들었다.

유빈이 눈을 감고 호흡에 집중하자 예의 풍경이 다시 나타났다. 일정 거리 이상 사원과 가까워지지 않던 시선이 드디어 움직이기 시작하자 순식간에 풍경이 바뀌었다.

붉은색의 승복으로 몸을 감싸고 있는 승려들이 여럿 보였다. 유빈이 알고 있는 일반적인 스님과는 어딘가 모습이 달라 보였다.

이전에 봤던 생과는 달리 유빈은 관찰자 시점에서 유영을 계속했다. 전생의 자신은 아직 보이지 않았다.

풍경이 다시 한 번 순식간에 바뀌고 커다란 건축물이 시야를 가득 채웠다. 웅장한 건물은 흰색과 붉은색의 벽이 조화를 이루면서 고즈넉하게 산 위에 자리를 잡고 있었다.

유영하던 시점이 건물 안으로 향하더니 여러 명의 승려와 5개의 황금탑을 지나 흰색의 궁전으로 들어갔다.

작은 방에서 멈춘 시선 앞에는 두 사람이 산 밑을 바라보며 대화를 나누고 있었다.

"랏신, 자네 덕분에 툼모 수련을 마무리 지었네."

"수련의 단계에 마무리는 없다네. 계속 이어질 뿐이지. 툼
모를 지나 규뢰를 깨닫고 미람에 들었다 외세를 체험하고 바
르도에 이르러 포와까지 도달하면 다시 같은 수행이 연속될
걸세."

"어렵군. 어려워. 언제 그 수행의 단계에 들지 모르겠네."

"걱정 말게나. 포기하지 않는 한 언젠가는 자네를 찾아올
걸세."

"랏신, 자네는 어떤가? 지금 무슨 단계에 와 있지?"

"단계를 구분 짓는 건 무의미하네. 그리고 난 갈 길이 아
직 멀었다네."

"하하, 마치 길의 끝이 어디인지를 안다는 듯이 말하는군."

"……"

"자네…… 설마 보았나?"

"삿체. 우리는 내생에서도 계속 서로에게 영향을 끼치게
될 걸세. 나는 이미 수련의 길을 정했네. 지금으로부터 네 번
째 되는 생에서 수행을 완성할지도 모르네. 지금 우리의 대
화를 기억해 두게. 자네의 도움이 필요하니까."

"말해 보게."

"자네 역시 지금으로부터 네 번째 생에서 큰 깨달음을 얻
을 걸세. 그리고 그 깨달음을 전수할 제자를 찾게 되네."

"으음…… 그때도 승려인가?"

"아닌 것 같네. 교에서 벗어난 수행자일세. 아무튼, 모년 모월에 차가운 공기를 내뿜는 커다랗고 네모난 건물에서 나를 기다리게."

"무슨 말인지 모르겠군."

"그때가 되면 알게 될걸세."

이야기를 멈춘 랏신이라는 승려가 뒤를 돌아봤다. 그가 마치 뭔가가 보이는 것처럼 유빈의 시선이 있는 곳을 부드럽게 쳐다봤다.

유빈은 직감적으로 랏신이라는 사람이 전생의 자신이라는 사실을 알았다. 시선이 조금씩 그에게 다가갔다.

마침 옆에서 듣고 있던 삿체라는 승려도 고개를 뒤로 돌렸다.

움직이던 시선이 돌연 멈췄다.

생김새는 달랐지만, 유빈은 그 승려의 얼굴에서 시선을 떼지 못했다.

'스승님이야. 스승님!'

감정의 격동과 동시에 유빈의 호심법이 흔들리며 보이던 풍경이 한꺼번에 사라져버리려 했다.

"호흡에 집중하거라."

익숙한 음성에 겨우 마음을 가라앉힌 유빈이 호흡을 이어 갔다.

얼마나 시간이 지났을까?

유빈이 천천히 눈을 뜨자 여전히 백발이 성성한 스승이 앞에 앉아 있었다.

"스승님."

유빈의 호칭에 송일선이 인자한 미소를 지었다. 그리고 이어진 호칭에 유빈 역시 편안한 미소를 보였다.

지금 유빈의 육신이 있는 곳은 미국 뉴욕의 맨해튼이지만 두 사람의 만남은 공간에 구애를 받지 않았다.

"랏신."

"삿체."

"이렇게 다시 만나게 되었군."

"그래. 긴 시간이었지."

"깨달음을 얻었는가?"

"그렇다네."

유빈은 네 번째 전생에서 중국 송나라 시대 선종(禪宗)의 승려였다. 그는 더 큰 깨달음을 위해 천축으로 향했고 밀교(密敎)에 입문해 랏신이라는 승명을 받았다.

수행의 깊은 경지에 이른 그는 큰 깨달음을 얻기 위해서는 앞으로 네 번의 환생을 겪어야 함을 알았다.

예언의 힘을 지닌 집시의 삶을 지나 히말라야의 수행자로 다시 태어났고 그다음에는 미국의 영업사원의 삶이었다.

세 번의 삶 동안은 계속 업을 쌓았다.

그리고 네 번째 생에서 모든 업이 해소되었다.

미국의 영업사원이었던 삶에서 욕심으로 다단계 영업을 통해 많은 사람에게 고통을 주었던 업은 제네스 CEO라는 높은 자리를 거절하고 욕심을 내려놓음으로써 해소되었다.

사람을 피해 히말라야 산맥에서 수행을 통해 쌓았던 고독함은 유빈이 사람들과 어울리며 수행을 함으로써 해소되었다.

마녀로 몰려 화형으로 생을 마감한 집시의 증오는 마크 램버트를 용서함으로써 해소되었다.

유빈은 네 번의 삶을 통해 모든 업을 해소하고 큰 깨달음을 얻었다.

"그래서 이제 어떻게 할 참인가?"

"수행과 깨달음은 끝이 없으니 다시 일상으로 돌아가야죠. 더 많은 사람에게 도움을 줄 수 있는 삶을 살려고 합니다."

비록 전생을 관통했지만, 유빈은 현생에 충실한 모습을 돌아왔다. 유빈에게 앞에 있는 사람은 삿체가 아닌 송일선이었다.

"그렇구나."

송일선도 유빈의 결정을 받아주었다.

"이제는 장소에 구애받지 않고 언제나 만날 수 있으니 좋군요."

"앞으로 자주 보자꾸나."

"네, 스승님."

송일선의 모습이 인자한 미소와 함께 홀연히 사라졌다. 한참 가만히 있던 유빈이 송일선이 앉아 있었던 자리를 향해 고개를 숙였다.

"감사합니다. 스승님. 고마워. 삿체."

훤칠한 모습으로 사람들과 악수를 나누는 유빈에게 겨우 출석체크를 한 박다혜와 서인아가 고개를 저었다.

"으아, PM님. 웬 사람이 이렇게 많은 거예요."

"많은 게 중요한 게 아니라 완전히 다국적 행사인데? 난 해외 학회 온 줄 알았어."

서인아 PM의 말에 박다혜도 고개를 끄덕였다.

유빈과 인연을 맺은 세계 각지의 제네스 직원들이 비행깃삯을 아끼지 않고 유빈과 서윤의 결혼식에 참석한 것이었다.

게다가 제네스와 셀아키텍트의 직원들이 총출동했으니 하객이 넘칠 수밖에 없었다.

"의사쌤들도 많네요. 어, 저기 은산병원 이인규 교수님도 오셨네."

"아까 사랑산부인과 원장님하고도 인사 나눴어."

"PM님은 회사 직원 결혼하는데 이렇게 의사들이 많이 참석하는 거 보셨어요?"

"나도 처음이야. 봐 봐. 의사가 일요일 결혼식에 참석했다는 뜻은 단순히 제약회사 직원과 의사의 관계가 아니라는 뜻이야. 월요일부터 토요일까지 일하고 쉬어야 되는 일요일에 축의금까지 들고 결혼식장에 직접 찾아온다? 웬만큼 좋은 관계가 아니고서야 힘든 일이라고."

"그러니까 유빈 씨가 영업을 얼마나 잘했는지를 보여 주는 거네요."

"앞으로도 유빈 씨 같은 영업사원은 없을 거야."

"참, 이제는 유빈 씨라고 부르면 안 되죠. 본부장님이잖아요."

"해외 영업 본부장이라고 했지? 아무튼, 대단한 사람이야. 그래도 우리 회사 사람 아니니까 난 유빈 씨라고 부를 거야."

"PM님, 이제 서윤 씨한테 가 봐요. 이제 사람 좀 빠졌으려나."

박다혜와 서인아가 티격태격하며 신부 대기실로 가는 사이 그 뒤로 거구의 남자가 땀을 닦으며 유빈에게 다가갔다.

"아, 회장님. 오셨습니까?"

"오. 김 본부장. 안 그래도 훤칠한데 턱시도까지 입으니 빛이 나는군. 정말 축하하네."

"회장님. 이쪽은 제 어머니입니다. 어머니 이분은 회사 서우석 회장님이세요. 주례 봐 주시기로 하셨습니다."

"어머님. 이제야 인사를 드리는군요. 이렇게 훌륭한 아드님을 두셔서 정말 든든하시겠습니다. 정말 축하드립니다."

"아이고, 회장님. 우리 아들 앞으로도 잘 부탁하겠습니다."

"제가 잘 부탁드려야죠. 김 본부장. 잠깐만."

서 회장이 유빈을 옆으로 잠시 데리고 갔다.

"어떻게 됐나?"

"머토마의 FDA 승인 권고는 거의 확실합니다. 그리고 어제 미국 아스트로스와 MBG에서 약가를 제시해 왔습니다. 두 회사 모두 오리지널 대비 40%를 제시했습니다."

"40%! 우리 예상보다 10%나 많이?"

"이번에 미국에서 협상한 게 효과가 있었던 모양입니다. 두 회사 모두 우리와 계약하기 위해서 몸이 달았습니다."

"허, 잘했네. 잘했어. 역시 김 본부장이군."

판매사가 40%를 할인해서 판매해도 셀아키텍트로 들어오는 이익은 같았다. 단, 애브비를 제치고 점유율을 급속도로 상승할 수 있었다.

서 회장의 커다란 어깨가 들썩였다.

"회장님, 이제는 셀아키텍트에 해외 영업팀을 신설할 필요가 있는 것 같습니다. 계속해서 제품이 개발될 텐데 그때마다 외국의 제약회사와 판권 계약을 할 수는 없죠."

"음, 가능하겠나?"

"머토마의 성공으로 자금이 들어오면 인수할 제약회사를 물색하겠습니다."

"자네는 정말 영업을 좋아하는군. 허허, 이번에 신혼여행지에서만이라도 제발 쉬고 오게나."

"저도 그럴 생각입니다. 하하."

서 회장이 고마운 마음을 담아 유빈의 어깨를 두드려줬다.

유빈이 제네스 본사의 전무이사 자리로 승진한 소식을 들었을 때, 서 회장은 기쁜 마음이 드는 만큼 아쉬움도 컸다.

그 젊은 나이에 글로벌 제네스의 임원이라면 언젠가 CEO가 되는 것도 꿈이 아니었다. 하지만 유빈은 과감하게 제네스를 퇴사하고 셀아키텍트로 왔다.

셀아키텍트에서 일하면 더 많은 사람을 행복하게 해줄 수 있을 것 같다는 게 이유였다.

서우석 회장은 유빈이 원한 해외 영업 책임자인 본부장으로 유빈을 임명했다.

서 회장으로서는 천군만마를 얻은 기분이었다.

둘의 이야기가 조금 길어지려 하자 예식장 진행 요원이 신랑과 주례를 급하게 찾았다.

"신랑 입장!"

유빈이 당당한 걸음걸이로 주례 앞으로 걸어가자 좌우에서 환호성이 들려왔다.

주례석에 서 있던 서 회장과 유빈의 눈이 마주쳤다.

신뢰의 눈빛을 교환한 유빈이 돌아서서 하객을 마주했다. 예식장을 가득 채운 하객들이 유빈을 향해 미소를 보내고 있었다.

하나같이 소중한 인연이었다.

유빈이 이 자리까지 올 수 있었던 것은 호심법으로 얻은 능력과 성실함을 바탕으로 한 노력도 있었지만, 더 중요한 것은 전생을 통해 인연의 소중함을 깨달았기 때문이었다.

한 명의 인연도 허투루 대하지 않았기 때문에 많은 사람의 도움을 받게 된 것이 가장 큰 이유였다.

그리고 드디어 유빈이 이번 생에서 만난 가장 아름다운 인연이 천천히 그를 향해 다가오고 있었다.

〈영업사원 김유빈〉 완결

작가 후기

안녕하세요. 뫼달입니다.

영업사원 김유빈이 드디어 마무리되었네요.

연재는 3개월이 조금 넘게 되었지만, 스토리 구상과 내용 조사, 비축분 준비 기간까지 합하면 6개월 정도를 영업사원 김유빈에 매진한 것 같습니다.

반년 동안 개인적으로도 여러 가지 일이 있었고 회사 생활과 글쓰기를 병행하느라 힘들기도 했습니다.

하지만 휴재 없이 이렇게 마무리를 할 수 있게 되어서 정말 기쁩니다.

우리 주위에서 흔하게 볼 수 있지만, 장르 소설의 주제로는 찾아보기 힘든 영업사원을 주인공으로 정한 것은 제가 첫 직장을 영업직으로 시작한 이유도 있지만, 영업에 대한 편견을 한 번 깨보고자 하는 마음도 있었습니다.

장르 소설에서 거창하게 무슨 주제 의식을 갖느냐고 말씀하시는 분도 계시겠지만 한 분이라도 제 글을 읽고 영업에 대한 인식이 바뀌셨으면 저는 그걸로 만족할 것 같습니다.

2014년에 무료 연재로 완결했던 '환수사'가 습작이었다면 영업사원 김유빈은 저의 첫 유료 연재작입니다.

그만큼 부족한 점도 많았고 저도 쓰면서 새롭게 배운 것도 많았습니다. 다음 글을 쓸 때는 이번에 배운 점을 잘 녹여내서 더 재미있고 좋은 글을 쓰도록 노력하겠습니다.

무엇보다 끝까지 읽어주신 독자분들께 이 자리를 빌려서 감사의 말씀을 전합니다. 부족한 글임에도 댓글로 응원해 주시고 때로는 감당할 수 없는 칭찬도 해주셔서 큰 힘이 되었습니다.

정말 감사합니다!

셀아키텍트에서 소처럼 일하는 유빈의 활약이 계속되듯이 저도 꾸준히 글을 써서 이른 시일 안에 다음 작품으로 인사

드리겠습니다.

마지막으로, 영업사원 김유빈을 쓰는 와중에 10년을 함께
해온 반려견이 무지개다리를 건넜습니다.
제가 너무나 사랑했던 반려견 '봉봉이'에게 이 글을 바칩
니다.

뫼달 드림.